다꾸의 날

다꾸의 날

문이소 지음

차례

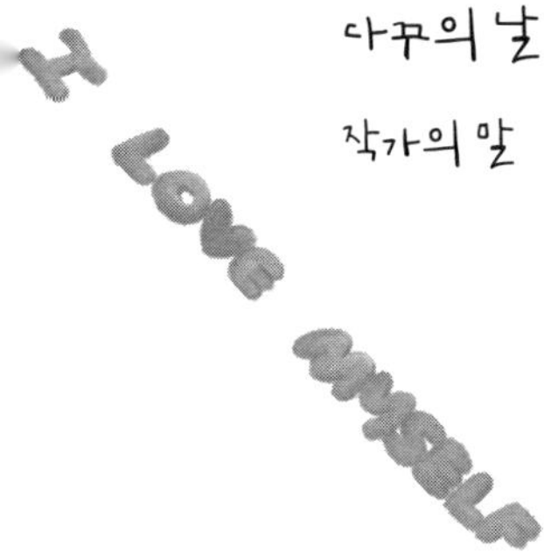

우울한 생일

인생에는 양보해선 안 되는 원칙이 있다. 볼펜은 1.0mm, 연습장은 A4용지, 샤프는 0.7mm에 2B. 라면에는 김치, 짜장면엔 단무지, 떡볶이엔 어묵 국물. 다이어리는 양장본 만년형, 꾸미기는 색연필, 스티커보다는 손 그림. 다꾸, 즉 '다이어리 꾸미기'에서 '꾸미기'는 거들 뿐이다. 내 생활을 기록하고 정리하기 위해 다이어리를 쓰는 게 원칙이다. 연간 다이어리와 일기장, 스터디 플래너는 기본 다이어리고 기분 전환용으로 이벤트 다이어리를 추가할 수 있다.

인생에는 굳이 원칙으로 정하지 않아도 지키는 것이 있다. '연애 중 양다리 금지'나 '결혼기념일 여행은 부부 동반' 같은 거. 이런 건 상식이니까 굳이 원칙으로 세울 필요도 없다고 생각했다. 다들 그렇게 생각하고 사는 줄 알았다. 하지만 내 열여덟 번째 생일인 오늘, 세상은 내 생각과 다르다는 걸 알았다. 생각지도 못한 방향으로 돌아가는 게 인생이고 이놈의 세상이었다.

어제 진호랑 헤어졌다. 1년 동안 짝사랑만 하다가 극적으로 사귀게 된 지 불과 52일 만이었다. 진호가 먼저 취업이든 진학이든 마무리한 다음에 다시 만나자고 해서 그러자고 했다. 그런데 그 자식이 오늘 자정이 되자마자 다른 여자애랑 "투데이 이즈 투투데이"라며 SNS에 글을 올렸다! 그러니까 나랑 사귄 지 한 달 만에 양다리를 걸치다가 결국 나를 찬 거다. 나중에 다시 만나자며 비열한 거짓말까지 하면서 말이다. 게다가 내가 커플 다이어리를 쓰자고 할 땐 들은 척도 안 하더니, 투투 여자애랑은 커플 문답 다이어리 인증샷까지 찍어서 올렸다.

아까 점심시간엔 진주에 사는 이모가 메시지를 잔뜩 보냈다. 잘 있냐고, 별일 없냐고, 네 엄마 지금 우리 집에 있다고. 처음엔 뭔 소린가 했다. 나랑 엄마는 망원동에 살고, 아빠는 회사 때문에 창원 외곽에서 살면서 한

달에 한 번 망원동 집에 온다. 고1 여름방학 때부턴가 그랬다. 그리고 그저께는 엄마 아빠의 20주년 결혼기념일이었다. 중요한 날이니까 엄마한테 나 신경 쓰지 말고 아빠랑 데이트하고 오라고 했다. 엄만 휴가 내기 어렵다고 하다가 나중엔 알았다고, 아빠한테 다녀오겠다고 했다. 그런데 그게 다 거짓말이었던 거다. 이모는 내게 모르는 척하라고 신신당부하며 말했다. 엄마 아빠 '졸혼'할 거라고. 이혼은 아니지만 남남으로 살기로 했다고. 티 안 내려고 애썼다고, 너 졸업하고 취직하면 말하려고 했다고, 너도 다 컸으니까 부모님 이해하라고. 어쩐지 엄마가 용돈을 20만 원이나 주고 가더라니. 이모도 참 웃긴다. 이런 얘기를 학교 수업 중인 조카한테 문자로 하다니. 엄마한테 전화가 왔다. 안 받았다. 아빠한테 전화가 왔다. 휴대폰을 꺼 버렸다.

너무 기가 막히면 되레 차분해지나 보다. 찌이잉, 귀에서 이명이 들렸다. 가슴이 답답하고 머리가 지끈거렸다. 오랜만에 편두통이 올라와 한참 고생했다. 기운이 하나도 없어서 수업이 끝나고 빈 교실에 한참 동안 앉아 있었다.

학교를 나오면서 쓰레기장에 들렀다. 진호랑 사귀면서 썼던 '달콤 다이어리'를 한 장씩 찢어 버리려던 참이었다. 그 자식의 흔적을 없애 버리면 속이 좀 시원해질 것 같았다.

"학생, 그거 버릴 거야? 이리 줘."

커다란 트럭에 종이 쓰레기를 싣던 분리수거 업체 기사님이 상냥한 목소리로 말했다. 그때 트럭에서 종이 쓰레기가 후두둑 떨어졌다. 흰 종이를 빽빽이 채운 검은 글씨, 한자 깜지였다. 열심히 한자 시험을 준비한 흔적이었다. 누군가의 시간과 열정이 담긴 쓰레기라……. 난 들고 있던 다이어리를 나도 모르게 가슴에 꼭 안았다.

"아니에요, 기사님. 이거 쓰레기 아니에요. 수고 많으십니다."

기사님한테 인사하고 뒤돌아 나왔다. 버리려고 했던 다이어리를 도로 가방에 넣었다. 쓰레기는 진호 놈이지 내 다이어리가 아니다. 애써 정리하고 정성 들여 꾸민 내 삶의 기록을 쓰레기 취급하고 싶지 않다. 아니, 근데 민서랑 지윤이는 왜 생일 축하 메시지도 안 보낼까? 현장 실습이 너무 바빠서 잊었나. 진짜 오늘은 날이다,

날. 온 우주가 짜고 나를 따돌리는 날.

하늘이 우중충하다. 비든 우박이든 뭐라도 쏟아질 듯하다. 아니면 하늘이 무너지거나. 아무도 챙겨 주지 않는 내 생일, 나라도 챙겨 줄까? 그래, 다이어리 사러 가자!

검은 공

광화문역 교보문고. 모든 문구의 성지.

혼자 온 건 처음이다. 항상 누구랑 같이 왔었다. 엄마 아빠랑 가족 데이트, 민서랑 지윤이랑 ~~다꾸용품~~ 쇼핑, 그리고 진호랑…… 에잇, 궁상 금지! 엄마가 준 20만 원, 오늘 다 써 버릴 테다.

빈센트 반 고흐도 쓰고 파블로 피카소도 쓰고 어거스트 헤밍웨이도 썼다는 그 다이어리 매장에 당당하게 들어갔다가 가격을 보고 겸손하게 나왔다. 종이에 금칠한 것도 아닌데 5만 원이라니, 나중에 취업해서 월급 타면 그때 사야겠다.

다른 매장에서 A5 크기 6공 다이어리를 샀다. 바인더에 고리가 여섯 개 달렸다고 6공 다이어리라니, 이름도 귀엽다. 바인더에 종이를 끼웠다 뺐다 하면서 쓸 수 있으니까 편할 것 같다. 마음에 드는 종이가 있으면 재단해서 끼워 쓸 수 있으니 내 개성을 듬뿍 담아 꾸밀 거다. 새 다이어리 테마는 '더하기'로 해야겠다. 기운을 더하고 즐거움을 더하고 행운과 행복을 더하는 다이어리로 만들어야지. 격언이랑 예쁜 글귀, 기억하고 싶은 좋은 일들만 따로 모을 거다. 그런데 6공 다이어리에 종이를 끼우려면 6공 펀치가 있어야 하지 않나? 그래서 샀다. 사는 김에 야생화 압화 스티커와 마스킹 테이프, 흰색 젤리 펜과 펄 마커도 샀다. 몇 개 안 샀는데 5만 원이 우습게 없어졌다. 20만 원을 다 써 버리려고 했는데 막상 영수증을 보니까 심장이 벌렁거린다. 돈 쓰는 것도 각오가 필요한 일이었다. 그래도 이럴 때 만년필 하나쯤 장만하면 좋지 않을까.

만년필 매장으로 갔다. 여긴 또 다른 세상이다. 만년필이 비싼 건 알았지만 펜 한 자루에 100만 원이 훌쩍 넘을 줄이야. 3만 원대 펜이 제일 저렴한 거였다. 전시 코너에 써 볼 수 있는 펜이 몇 개 있었다. 글씨가 예쁘게 써진다는 캘리그래피 펜촉으로 빈 종이에 적었다. '생일 축하해, 신유민.' 세상에, 이렇게 예쁘게 써질 수가! 정신을 차리고 보니 캘리촉 1.1mm 만년필 4만 2000원짜리를 계산하고 있었다. 번 오렌지색 1만 5000원짜리 잉크 카트리지도 함께 말이다. 이러다 진짜 돈 다 쓰겠네. 케이크 큰 거 하나 사 먹고 싶었는데 안 되겠다. 라면이나 끓여 먹어야지. 김칫국물 넣고 달걀 풀고 치즈도 얹어서. 얼른 집에 가서 새 다이어리에 다꾸 시작하고 싶다.

6월 초순인데 이미 한여름이다. 버스 정류장은 너무 뜨겁고 습했다. 차들이 뿜는 열기까지 더해져 숨이 턱턱 막혔다. 햇볕에 달궈진 아스팔트가 우그러질 것 같다. 진호와 난 너무 뜨거워서 우그러진 걸까. 엄마 아빠 사이도…… 그만, 우중충한 생각 그만하라고! 버스 올 때까지 오늘 산 문구들 보고 있자. 그런데 왜 이렇게 깜깜하지? 비가 오려나 싶어 하늘을 올려다봤다.

순간 먹구름인 줄 알았다.

세종대로 사거리 빼곡한 건물 위로 떨어질 듯 말 듯 떠 있는 거대한 검은 공! 누군가 비명을 질렀던 것도 같다. 하지만 움직이는 사람은 아무도 없었다. 오가던 사람들 모두 마네킹처럼 굳은 듯 서 있었다. 하늘을 올려다보던 사람, 휴대폰을 보던 사람, 바쁘게 걷던 사람 모두 그 모습 그대로 멈춰 버렸다. 출발하던 버스도 커브를 틀던 오토바이도 그 자리에 그대로 멈췄다. 신호등도 바뀌지 않았다. 하늘의 구름도 움직이지 않았다. 모든 것이 멈췄고 움직이는 건 나뿐이었다. 목덜미에 오소소 소름이 돋았다. 다리가 얼어붙은 것처럼 꼼짝할 수가 없었다. 지하철역으로 갈까 했는데 역에서 올라오던 사람들도 똑같이 멈춰 있었다. 아무 건물에나 들어가 있을까? 아니야, 그러다가 저 검은 공이 떨어지면……! 일단 집으로 가자, 저 검은 공이 안 보이는 곳으로 가자. 나는 숨을 고르고 걷기 시작했다.

거리에는 아무 소리도 나지 않았다. 저벅저벅, 내 발소리가 너무 크게 들려서 까치발로 걸었다. 무언가가 나를 계속 지켜보는 것만 같았다. 눈에 띄지 않도록 차와 차 사이로, 사람과 사람 사이로 걸었다. 광화문 광장 하늘을 덮은 검은 공은 숭례문 시장 입구까지 뻗어 있었다. 크기가 어마어마했다. 검은 공 위쪽으로 거대한 기둥 같은 게 얼핏 보였다. 저 하늘 너머 어딘가를 뚫고 내려온 것처럼 보였다. 서대문역 너머 충정로역까지 검은 공이 덮고 있었다. 빨리, 빨리, 빨리. 난 내 발등만 보며 뛰다시피 걸었다.

아현동에 들어서면서 슬쩍 하늘을 올려봤다. 맙소사, 또 다른 검은 공이 있다!

크기는 약간 작은 듯했지만 그래도 아현역에서 신촌역까지는 덮을 것 같았다. 그 너머 망원역 방향 한강 하늘에도 또 다른 검은 공이 하나 더 떠 있었다. 검은 공은 모두 세 개였다. 검은 공 아래에 있는 모든 것이 광화문역에서 본 것처럼 그대로 멈춰 있었다. 사람이나 자동차는 물론 바람 한 줄기조차 불지 않았다. 나는 잠시도 쉬지 않고 걷고 또 걸었다. 땀을 얼마나 많이 흘렸는지 소낙비를 맞은 것처럼 온몸이 다 젖었다. 목구멍에서 비릿한 쇳내가 올라오면서 구역질이 났다. 그래도 멈추지 않았다. 적어도 한 시간 반은 넘게 걸은 것 같다.

동교로로 들어와 망원시장 사이 골목길, 드디어 집에 도착했다. 쿵쾅쿵쾅, 심장이 터질 것 같고 숨이 너무 가빠 쓰러질 것 같았다. 현관문 잠금장치 비밀번호를 누르는데 손이 벌벌 떨렸다.

삐, 삐, 삐…… 철컹!

번호판을 누르고 있는데 문이 저절로 열렸다. 엄마다. 엄마가 와 있었구나!

"애, 너 왜 이렇게 늦게 와?"

엄마가…… 아니다! 치렁치렁한 백금발 여자가 버럭 짜증을 냈다.

너무 익숙한 얼굴, '나' 다!

나 옆에 나 옆에 나 옆에 나 옆에 나

거실에 앉아 있는 '나'는 모두 셋이었다.

현관문을 열어 준 백금발 신유민, 스무 살 정도로 보였다. 반백의 단발머리 신유민, 우리 엄마보다 나이가 많아 보였다. 색동저고리에 다홍치마를 입은 댕기 머리 신유민, 갠 열한 살 정도로 보였다. 내가 셋인 것도 놀랍지만, 나이나 생김새가 달라도 한눈에 '나'라는 걸 알 수 있단 게 더 놀라웠다. 무엇이 어떻게 달라져도 나는 나였다. 눈물이 날 만큼 반가웠다. 꽉 부둥켜안고 그동안 어디 있었냐고, 왜 이제 왔냐고, 잘 살고 있었냐고 묻고 싶었다. 그런데 어째 나만 반가운 것 같다. '나'들은 나를 요리조리 뜯어보며 자기들끼리 쑥덕거렸다.

"정말 똑같이 생겼구나. 분명해, 이 아이가 틀림없어."

"다행이다, 다행이야! 드디어 우리 고생길이 끝나는구나. 천지신명께서 보살피신 게야."

"내 눈엔 영 얼뜨기로 보이는데. 얘, 물부터 마셔."

백금발이 대뜸 내게 얼음물을 건넸다. 이게 무슨 일이냐고 묻고 싶었지만, 목이 너무 말라 일단 물부터 들이켰다. 백금발은 머리 색이 참 잘 어울렸다. 나도 스무 살 되자마자 백금발로 염색하려고 했는데. 아, 혹시 미래의 내 모습인가? 백금발은 나랑 이목구비가 얼추 비슷하고 주근깨도 있는데 미모는 비교가 안 됐다. 특히 피부가 정말 아름다웠다. 진주처럼 은은하게 빛나서 말 그대로 눈이 부셨다. 내가 눈을 껌벅거리면서 쳐다보고 있자 백금발이 말했다.

"아, 발광 기능을 안 껐구나. 이 세계에선 너무 튀지."

백금발은 왼쪽 팔목에 찬 은팔찌를 매만졌다. 은팔찌에서 푸르스름한 원통형 홀로그램이 휘릭 올라왔다. 백금발이 홀로그램을 이렇게 저렇게 만지자 홀로그램이 휘리릭 휘리릭 움직이다가 사라졌다. 그러자 백금발의 피부가 거무튀튀해졌다. 뭐지? 피부 광채를 껐다 켰다 할 수 있다면, 그것은……!

"혹시 안드로이드인가요? 아니면 사이보그?"

내가 묻자 백금발이 비뚜름한 미소를 지었다. 잘 아는 웃음이다. 난 상대를 무시할 때 저렇게 웃는다.

"일종의 화장품이야. '뷰티봇 무스'라고, 나노봇인데 일주일 동안 피부에 붙어 있어. 피부를 밝고 화사하게 보이도록 해 주는 제품이지. 우리 세계에선 필수품이야. 자외선도 막아 주고 피부 대사도 활발하게 해 주거든."

"그거 저도 한번 써 보면 안 돼요?"

"응, 안 돼."

와, 백금발은 단칼에 거절했다. 나는 부탁받으면 거절 잘 못하는데 백금발은 아주 능수능란하게 잘했다. 당황한 내 표정이 웃겼는지 단발 할매와 댕기 머리가 키득키득 웃었다. 백금발이 심드렁하게 말했다.

"지금 없어서 그래. 나 쓸 것도 부족하거든. 뷰티봇 무스를 바르기 전에 전용 보디샴푸로 씻고 보습 강화 오일도 발라야 하고. 나중에 우리 지구에 오면 빌려줄게."

"……네에. 고맙습니다."

백금발은 턱을 치켜들곤 보일 듯 말 듯 고개를 살짝 까딱였다. 도도한 건지 재수가 없는 건지 둘 다인지 모르겠다. 인상 좋은 단발 할매가 말했다.

“묻고 싶은 게 많지? 우선 간단히 자기소개부터 한 다음에 설명해 주마.”

난 고개를 끄덕였다. 단발 할매는 미소도 말투도 참 우아했다. 머리카락이 하얘서 그렇지 아주 할머니는 아니었다. 얇은 금테 안경을 썼는데 그게 참 잘 어울렸다. 철학자나 이론 물리학자 같은 강직하고 이지적인 분위기가 풍겼다. 나도 나이 들면 저렇게 멋있어지려나? 할매와 눈이 마주치니 저절로 허리를 펴고 바른 자세로 앉게 된다. 그때 쏴아아아, 쿵! 화장실에서 요란한 소리가 났다.

“어어, 날 빼고 시작하면 안 되지!”

남, 남자? 맙소사, ‘나’인데 남자라고?

남자인 나는 키가 180cm도 넘는 팔등신에 모델처럼 늘씬한 청년이었다! 떡 벌어진 어깨와 팔뚝에 드러난 섬세한 근육, 곧고 우아한 자세가 꼭 발레리노 같았다. 남자 ‘나’가 날 꽉 끌어안았다. 으익, 어색해!

“안녕, 나도 신유민이야. 내 세계, 그러니까 C201 지구에선 스물아홉 살, 춤꾼이야. 현대무용을 전공했고

3년째 댄스 컴퍼니에서 활동하고 있어. 만나서 반갑다, 청소년!"

"안, 안녕하세요."

호칭을 붙일 수가 없다. 스물아홉이면 아저씨라고 불러야 하나? 근데 동안이라서 진호보다도 어려 보인다. 으잇, 여기서 진호 자식이 왜 나와. 암튼 아저씨라고 하기엔 동안이고 오빠라고 부르는 건 너무 간지러우니까 형님이라고 불러야겠다. 형님 품에 어정쩡하게 안겨 있는데 백금발이 형님 등짝을 찰지게 후려쳤다.

"그만해, 그럼 진짜 이상하거든! 나도 신유민, 스물두 살이야. Z011 지구 출신이지. 뷰티 나노봇을 연구하는 회사 홍보팀에서 인턴을 하고 있었어."

"네에……. 안녕하세요."

"풉! 나끼리 무슨 존대를 하느냐. 그냥 편하게 동무라 생각하거라."

태연하게 하대를 한 건 고운 색동저고리에 다홍치마를 입은 댕기 머리 신유민이었다.

"난 열한 살, 신가 유민이다. D039 지구 출신이지."

"반가워……요. 거기 D039 지구는 조선시대인가요?"

"그래, 그렇다. 우주마다 시간과 문화가 다르더구나. 나도 한동안 헷갈렸다. 혹 자네 어머니도 채가 윤자 경자를 쓰는 분인가?"

"네? 네, 엄마 이름이 채윤경 맞아요."

"오오, 그렇구나. 어머니께선 강녕하신가? 가슴 답답증은 없으시고?"

"네, 엄마가 우리 집에서 제일 건강해요."

"건강하시다니, 듣던 중 반가운 소리구나."

"그런데 그쪽은 말투가……."

"이상하지? 내 고향을 떠나온 뒤로 열심히 익히고는 있으나 말본새가 쉬이 바뀌지 않는구나. 아무튼 반갑다, 청소년. 앞으로 잘 지내 보자꾸나."

양반댁 규수 댕기 머리는 참 야무지게 말했다. 나도 어릴 땐 참 똑똑했는데, 공부도 잘했고. 다들 나를 쳐다봤다. 이제 내 소개를 할 차례였다.

"반갑습니다. 나도 신유민입니다. 고3인데요, 특성화고에 다니고 있고 지금은 취업 준비하고 있어요. 그런데 이게 다 무슨 일인가요? 하늘에 떠 있는 거대한 검은 공은 뭐고, 아니 그 전에 왜 내가 넷이나 있어요?"

어색한 침묵이 감돌았다. 단발 할매가 대답했다.

"여섯밖에 안 남은 거야. 네가 마지막 '나'거든."

"여섯이요? 지금 나까지 합쳐서 다섯인데……."

한순간에 분위기가 숙연해졌다. 백금발과 댄서 형님은 천장 어딘가를 바라봤고 댕기 머리는 옷고름으로 눈가를 꾹꾹 눌렀다. 단발 할매는 깊은 한숨을 쉬며 말했다.

"음, 어디부터 설명하면 좋을까. 우린 각기 다른 지구에서 왔단다."

"다중 우주, 맞죠? 내가 있는 이 우주 말고 다른 우주가 있다는 우주론이요. 이 우주랑 비슷한 우주도 있고 완전히 다른 우주도 있고, 아무튼 우주가 끝도 없이 있다는 거잖아요. 과학자들이 농담 삼아 얘기하는 건 줄 알았는데 와아, 그게 진짜인 줄이야!"

내가 너무 흥분했는지 다들 웃음보가 터졌다. 댄서 형님은 아예 바닥에 누워 버둥거렸다. 단발 할매가 겨우 웃음을 참고 말했다.

"안다니 좋구나. 말이 잘 통하겠네. 나도 신유민, 예순여섯 살이란다. 왕언니라고 불러 주련?"

"네? 아, 네. 왕언니."

"난 내 세계 A404 지구의 다중 우주 전문 여행사에서 일했어. '우주수(宇宙樹) 운용 전문사'라고 다중 우주를 넘나드는 우주수를 다루는 게 내 직업이야. 때문에 비교적 쉽게 다른 우주의 나를 찾을 수 있었지. 아무튼 지금까지 발견된 모든 우주에서 '나'는 딱 여섯 명 남았어. 너를 포함해서 말이다. 우린 모두 쫓기고 있고, 곧 너도 그리될 거야."

"잠깐만요, 그러니까 지금 외계 생명체가 지구에 쳐들어온 거예요? 하늘에 떠 있는 저 검은 공이 유에프오 군단이었어요?"

단발 할매, 아니 왕언니가 껄껄 웃었다.

"설명해 주마. 볼펜 하나만 주련?"

난 가방을 열었다. 새로 산 6공 다이어리와 만년필, 다꾸용품들을 보니 기분이 묘하다. 내 인생에 행운과 행복을 더하는 다이어리로 꾸미려고 했는데 사자마자 이 난리가 나다니. 필통에서 볼펜을 하나 꺼내 왕언니에게 건넸다. 왕언니는 볼펜 심 끝을 가리켰다.

"이 볼펜 끝을 봐, 검은 공처럼 보이지? 하늘에 떠 있는 것도 이거랑 비슷해. 유에프오가 아니라 우주수 가

지의 끝이란다. 상상할 수 없이 거대한 나무가 있다고 상상해 봐, 그게 우주수다. 우주수에는 무한히 많은 가지가 있고 그 가지 끝에서 우주가 열리지. 한 우주에서 다른 우주로 이동하려면 가지를 타고 가야 해. 우주수의 가지는 서로 다른 우주를 왕래할 수 있는 유일한 길이야. 가지를 따라가면 어디에 어떤 우주가 있는지 정확하게 알고 안전하게 이동할 수 있어."

"아…… 이런 식인가요?"

난 6공 다이어리를 펼치고 왕언니가 설명한 우주수를 상상해서 그렸다. 깊은 어둠 속에 잠긴 뿌리 위로 구불구불 복잡하게 얽히며 뻗어 나간 가지와 그 끝에 열매처럼 달린 둥근 우주. 댄서 형님이 사람 좋게 웃으며 말했다.

"우하핫, 우리 청소년은 화가구나! 역시 어느 우주에서나 신유민은 아티스트야."

"나도 소싯적부터 글도 빨리 익히고 글씨도 뛰어났다. 오라비보다도 천자문을 일찍 떼었지. 아버님께선 내 사주에 '문창귀인'과 '학당귀인'까지 있어 무척 아쉬워하셨다. 사내로 태어났으면 과거에 급제하여 가문을 일으켰을 거라고."

"꼬맹이 너는 집 떠나길 진짜 잘한 거야. 나중에 일 해결되면 나랑 같이 살자. 우리 지구에서 꼬맹이 하고 싶은 거 다 해. 문으로 창을 만들든 학당에 가서 귀인이 되든 네 능력을 마음껏 펼치면서 살아. 언니가 끝까지 도와줄게."

백금발이 말하자 댕기 머리 표정이 불쑥 어두워졌다. 집 얘기가 나오니 엄마 아빠가 생각 난 모양이다. 댕기 머리의 눈에 그렁그렁 눈물이 맺혔다.

"자네가 그리 말하니 고마워 몸 둘 바를 모르겠네. 내 집을 떠난 건 후회하지 않네. 어버이를 섬기며 효를 다하는 것은 마땅한 도리이나 내 나이 이제 열한 살이네. 어찌 이립(而立)*도 넘은 홀아비에게 시집을 간단 말인가. 아무리 가세가 기울었기로 계모께서 내게 이러실 순 없어."

"뭐라고요, 열한 살에 결혼을 한다고요?"

나도 모르게 버럭, 큰 소리로 말했다. 백금발은 말없이 댕기 머리의 손을 꼭 잡아 주었다. 다른 쪽 손은 댄

---

* 이립: 서른 살

서 형님이 잡아 주었다. 내 속이 다 답답했다. 계모도 계모지만 아빠는 뭐 하는 사람이기에 자기 아이를 보호하지 못할까. 하긴 나도 앞으로 부모님 졸혼이다, 뭐다 해서 속 좀 썩겠지. 다른 우주의 '나'들도 다 부모님 때문에 마음고생하면서 살았을까. 분위기가 침울하게 가라앉았다. 그걸 의식했는지 왕언니가 일부러 밝게 말했다.

"유민 규수가 사주단자를 받는 날 내가 도착했거든. 내가 같이 떠나자고 하니까 두말없이 나섰지. 그때 진짜 멋졌어, 용감한 사람이야. 그런 내가 있다는 게 자랑스럽고 또 존경스러워."

절로 고개가 끄덕여졌다. 어쩐지 코끝이 찡해졌다. 댕기 머리를 꼭 안아 주고 싶었지만 아직 그럴 사이는 아닌 것 같아 꾹 참았다. 대신 아까부터 궁금했던 걸 물었다.

"그런데 여러분은 누구한테 쫓긴다는 거예요? 저도 곧 쫓길 거라고 하셨는데……."

왕언니 얼굴에 비장함이 감돌았다.

"'나'를 죽이는 '킬러 신유민'이 오고 있거든. 킬러는 전 우주를 돌아다니며 '나'를 찾아 없애고 있어. 너에게도 곧 찾아올 거다."

킬러, 내가 킬러라고?

여섯 번째 나

“‘나’인데 킬러라고요? 아니, 내가 왜 나를 죽여요?”

“우리도 그 이유를 모른단다. 킬러와 대화다운 대화를 해 본 적이 없거든. 킬러는 ‘나’를 찾으면 다짜고짜 공격부터 하는데, 그 공격을 받으면 사물이든 사람이든 흔적도 없이 사라져 버리지. 그런데 킬러의 무기가 뭔질 모르겠어. 눈에 보이지도 않고 레이더나 다른 장치로도 감지가 안 된단 말이지.”

“사라져 버리다니, 어디로요?”

“아마 순식간에 원자 단위로 분해되는 것 같아.”

“……그렇게 해서 ‘나’를 몇 명이나 죽였어요?”

“지금까지 파악된 것만 천스물네 명이야. 아마 더 많을 거라고 본다.”

소름, 진짜 온몸에 소름이 끼쳤다. 시체조차 남기지 않는 역대급 연쇄살인마 '나'가 있다니, 당최 상상이 안 된다. 설마 내 안에도 그런 연쇄살인마 모습이 숨어 있을까? 우욱, 욕지기가 치밀었다. 댄서 형님이 내 등을 쓱쓱 문질러 주며 말했다.

"진짜로 난 이해가 안 가. 딱 보면 나인 걸 아는데 어떻게 내가 날 죽여? 나라면 나를 더 잘 살게 도와야 하는 거 아닌가?"

"그러게나 말일세. 도대체 어떤 인생을 살았길래 그런 억하심정을 갖게 되었을꼬. 야차*로다, 그건 신유민이 아니라 야차야."

"걔는 그냥 혼자 분해서 날뛰는 것 같아. 나도 싫고 너도 싫고 세상도 싫으니 다 없애 버리겠다는 심보라고. 정작 없어져야 할 건 자긴데."

분위기가 또다시 무거워졌다. 왕언니는 피곤한 듯 관자놀이를 꾹꾹 누르더니 댕기 머리에게 눈짓했다. 댕기 머리는 흠흠, 목소리를 가다듬고 말했다.

"청소년, 자네의 혼란한 심정을 알겠으나 당장 같이

* 야차: 모질고 사나운 귀신의 하나

나섰으면 싶네. 만약에라도 그 야차가 자네를 찾아 이 지구에 온다면 곱게 떠나기 어렵거든."

"나서다니, 그게 무슨 뜻이에요?"

백금발, 댄서 형님, 댕기 머리가 부스스 일어섰다. 나도 따라 일어서려는데 왕언니가 내 손을 꼭 잡고 도로 자리에 앉혔다.

"우리랑 같이 떠나자."

"……네?"

"킬러가 널 찾아오는 건 시간문제야. 킬러를 제압할 방법을 찾을 때까지 내 우주수에 있자. 그게 제일 안전해."

"말도 안 돼, 제가 왜요?"

"시간이 없어. 빨리 떠나야 한다. 우주수 가지를 세우느라 여기 망원동 일대 시공간을 고정시켜 놨거든. 벌써 2시간 30분째 정지 상태야. 우리가 가고 나면 이 일대 사람들은 비어 버린 2시간 30분을 채우느라 고생깨나 할 거다."

"잠깐, 잠깐만요. 그러니까 여기 계신 '나' 님들은 모두 망원동 하늘에 있는 그 검은 공에서 내려왔다는 거지요?"

"그래, 지금 여기 하늘에 떠 있는 그거란다."

"그럼 그건 뭐지? 제가 광화문에서도 봤거든요."

"광화문? 거기에도 검은 공이 있었다고?"

"네, 어마어마하게 컸어요. 남대문 시장 너머까지 뒤덮었는데 그 일대가 싹 다 멈췄다니까요. 그래서 제가 거기부터 집까지 걸어온 거예요."

"혹시 하나 더 있었니? 조금 더 작은 걸로."

"네, 있었어요! 광화문 검은 공보단 조금 작았는데 그래도 아현동부터 신촌까지 덮는 크기였어요. 아무튼 여기 망원동 검은 공 말고 두 개 더 있어요. 제가 똑똑히 봤어요."

"그게 킬러가 쓰는 우주수, 이형 가지다. 가지 끝이 둘로 갈라져 있는데 위치 추적이 안 되는 희귀 돌연변이지. 우주수 관리 센터에서 그 이형 가지를 회수할 때 킬러가 탈취했다고 들었다. 킬러가 여기까지 왔구나."

왕언니는 물론 백금발, 댕기 머리, 댄서 형님까지 긴장한 기색이 역력했다. 왕언니가 고개를 끄덕이자 다른 세 명은 일사불란하게 흩어져 집을 뒤지기 시작했다. 다들 검은 배낭을 하나씩 들고 음료수며 라면, 즉석밥 같은 식료품을 몽땅 쓸어 담았다. 휴지랑 수건, 이불까지 배낭에 넣었다. 분명 평범한 배낭처럼 생겼는데 물건이 한도 끝도 없이 들어갔다. 댄서 형님은 자기 배낭에 10kg짜리 쌀 포대와 김치통까지 넣었다. 그런데 잠깐만, 이거 다 우리 집 거잖아!

"저기요, 잠깐만요! 여러분 지금 도둑질하는 거예요?"

내가 소리치자 백금발이 달려와 자기 배낭에서 또 다른 검정 배낭을 꺼내 나한테 건넸다.

"넌 가서 칫솔, 치약, 속옷, 있는 대로 다 담아 와. 옷은 내가 대충 챙길게."

이 사람은 진짜 사람 기분 나쁘게 만드는 재주가 탁월하다. 말을 왜 이렇게 딱딱 끊어서 명령조로 하지?

"저기요, 백금발 언니. 지금 당신들이 우리 집 터는 걸 도우라는 거예요?"

"네가 쓸 물건 챙기는 거야. 이제부터 떠돌이로 살 텐데 맨몸으로 가면 너만 고달파."

"누가 떠돌이로 사는데요, 제가요? 왜요?"

멈칫, 백금발이 가자미 눈으로 날 흘겨봤다. 나도 저

런 표정으로 다른 사람을 봤을까, 내가 봐도 정말 얄밉다. 나도 물러서지 않고 백금발을 노려봤다. 백금발은 콧방귀를 뀌며 말했다.

"넌 안 가고 여기서 죽을 거야? 그럼 이거 다 필요 없을 테니까 우리 주면 되겠네."

"저기요, 지금 제 말은 그게 아니잖아요!"

내가 언성을 높이자 왕언니가 다급하게 끼어들었다.

"유민아, 일단 나가자. 가면서 설명할게. 곧 킬러가 들이닥칠 거야, 얼른!"

"아니, 여기가 우리 집인데 어딜 가요, 내가!"

꽝, 꽈과광!

"으아악!"

난 거실 바닥에 주저앉아 귀를 틀어막았다. 폭탄이 터진 것 같은 엄청난 소리가 나면서 집이 흔들렸다. 매캐한 연기가 자욱하고 탄내가 났다. 현관문 손잡이 옆에 주먹만 한 구멍이 뚫린 거였다. 그 구멍으로 불쑥 검은 장갑을 낀 손이 들어왔다. 검은 손은 잠금장치를 찾는 듯 여기저기를 더듬거렸다. 댕기 머리가 잽싸게 달려가 현관 옆에 있던 우산을 집어 들이댔다. 검은 손이 우산을 잡는 순간, 댄서 형님이 자기 허리띠로 검은 손과 우산을 친친 동여맸다. 댕기 머리와 댄서 형님은 호흡이 착착 맞았다. 한두 번 해 본 솜씨가 아니었다. 검은 손은 현관문을 열지도, 구멍을 빠져나가지도 못했다. 현관문을 때려 부술 듯 두드리며 악쓰는 소리가 복도를 쩌렁쩌렁 울렸다. 왕언니가 다급하게 물었다.

"유민아, 다른 출입구는 없니?"

"제 방 베란다요. 그런데 여긴 3층인데 어떻게 내려가요?"

백금발이 배낭에서 얼기설기한 실뭉치 같은 걸 꺼냈다. 베란다 밖으로 늘어뜨리고 탕탕, 세게 털자 실뭉치가 울룩불룩 움직이더니 매끈한 사다리로 변했다! 댕기 머리는 준비 동작도 없이 날다람쥐처럼 훌쩍 사다리를 타고 내려갔다. 그다음 왕언니, 댄서 형님 순으로 내려갔다. 난 너무 겁이 나서 사다리를 잡지도 못했다. 백금발이 벌컥 신경질을 냈다.

"얘, 네가 내려가야 나도 내려가지 않겠니?"

백금발이 재촉해도 내 발은 베란다 창틀에 붙어 움직일 생각을 안 했다. 온몸이 덜덜 떨렸다. 수상쩍은 놈이

현관문을 뚫고 쳐들어오니 피하긴 피해야 하는데 도저히 발이 떨어지지 않았다. 등에서 식은땀이 줄줄 흘렀다.

"제, 제가 고소, 고소 공포증이 있거든요."

"야, 이 씨! 하여간 '나'는 좋게 말하면 안 듣더라!"

급기야 백금발이 육두문자를 날렸다. 오, 효과가 있다! 눈을 질끈 감으니 오른발을 내릴 수 있었다. 다음 왼발을 내딛는 순간 휘청, 사다리가 흔들렸다.

"끄아악, 엄마야!"

"정신 안 차려? 아무래도 왕언니가 사람 잘못 본 것 같다. 네가 무슨 수로 킬러를……."

그때 현관문에서 끼기긱, 기괴한 소리가 났다. 뒤이어 철컹, 현관문 열리는 소리. 백금발의 얼굴이 새하얗게 질렸다. 뚜벅뚜벅, 현관문으로 누군가 들어왔다. 머리부터 발끝까지 새카만 옷을 입은 소녀였다.

킬러 신유민, 여섯 번째 나다.

무심(無心)

킬러는 서두르는 기색이 없었다. 배부른 흑표범처럼 느릿느릿 우리 쪽으로 걸어왔다. 나는 킬러 얼굴을 보고 기절할 뻔했다. 기다란 얼굴형, 주근깨, 숯 검댕 눈썹은 물론 똑 떨어지는 일자 단발머리까지. 킬러는 나와 완벽하게 똑같았다! 나와 눈이 마주치자 킬러는 보일 듯 말 듯 미소 지었다.

"넌 정말이지 더욱 특별하게 없애 버려야겠다."

세상에, 허스키한 중저음 목소리도 나랑 똑같다. 하지만 분위기는 완전히 달랐다. 압도적으로 음울하고 음침했다. 그 음울함 때문에 킬러와 스치듯 닿기만 해도 삭아 없어질 것 같았다. 번들거리는 눈엔 적의가 가득했다. 나를 없애고야 말겠다는 눈빛이었다. 팔뚝에 소름이 돋았다. 백금발도 손을 파르르 떨었다. 킬러는 느긋하게 내 방에 들어와 책상을 둘러보며 말했다.

"친구도 있고, 공부도 하고, 책도 읽고, 취업 준비도 하네? 잘 사는구나. 괜찮은 척하면서, 꼴사납게."

스르릉. 킬러가 허리춤에서 칼을 빼 들었다. 칼자루부터 칼끝까지 새카만 조선환도인데, 칼날 끝이 조금씩 일렁여서 꼭 검은 불꽃처럼 보였다. 백금발은 배낭에서 야구 방망이를 꺼내 들고 말했다.

"청소년, 너 빨리 내려가. 그냥 확 뛰어내려!"

"네? 백금발, 아니, 언니는요?"

"물어볼 시간에 그냥 가, 얼른!"

백금발은 와악, 소리 지르며 킬러에게 달려들어 마구잡이로 야구 방망이를 휘둘렀다. 킬러는 힘도 주지 않고 대충 칼을 휘둘렀다. 어디선가 바람 소리가 나는가 싶더니 야구 방망이가 없어졌다! 부러지거나 다른 데로 날아간 게 아니라 흔적도 없이 사라졌다. 백금발은 메고 있던 배낭을 벗어서 냅다 던졌다. 이번에도 킬러는 무심하게 칼을 휘둘렀다. 배낭도 킬러의 칼에 닿는 순간 사라졌다. 백금발은 휴지며 책, 연필꽂이 등 손에 잡히는 걸 다 던졌지만 똑같았다. 킬러의 칼에 닿는 건 모두 다 흔적도 없이 사라졌다.

"잠, 잠깐만요!"

난 베란다 창틀을 꽉 붙잡은 채로 소리쳤다. 우렁차게 부른다고 불렀지만 목소리가 염소처럼 바들바들 떨렸다. 킬러가 날 똑바로 바라봤다. 목구멍이 쪼그라져 들러붙은 것처럼 소리가 안 나왔다.

"조, 좋게 말로 풀어야죠. 다짜고짜 그런 험한 칼을 휘두르면…… 안, 안 되지……요!"

킬러의 송충이 같은 눈썹이 꿈틀거렸다. 미간에 조각칼로 새긴 것처럼 진한 세로 주름이 생겼다. 난 저 표정을 안다. 진심으로 짜증이 난 거다. 킬러는 들고 있던 칼을 살짝 흔들며 물었다.

"너, 이게 보여?"

"그……럼요, 칼이 그렇게 크고 새카만데. 저는 잘 보입……니다, 네에."

"허, 이거 재밌네. 진짠가 봐. 너랑 나는……."

킬러는 불길하게 키득키득 웃으며 백금발에게 다가갔다. 뒷걸음질 치던 백금발이 나를 향해 절박하게 소리쳤다.

"당장 내려가, 빨리! 너라도 가라고!"

"아니, 가지 마."

킬러가 머리 위로 칼을 들어 올리며 말했다.

"천천히, 제대로 보여 줄게. 눈도 깜빡이지 말고 봐, 신유민. 네가 어떻게 되는지."

킬러는 백금발과 서너 걸음 떨어진 자리에서 칼을 머리 위로 치켜들었다. 칼날 끝이 마구 일렁이며 키이잉, 소리를 냈다. 킬러가 칼을 아래로 내려 긋는 순간, 칼날이 쩍 벌어졌다! 그 속은 밑도 끝도 안 보이는 시커먼 암흑 공간이었다.

"안 돼, 백금발 언니!"

백금발은 비명도 못 지르고 암흑 공간으로 빨려 들어갔다. 백금발을 삼킨 암흑 공간은 잠시 일렁거리다 긴 칼날의 형태로 되돌아갔다. 킬러가 황홀한 표정을 지었다.

"정말 아름답지? 아무리 봐도 질리지 않아."

사람을 단칼에 없애 버리고도 아무렇지도 않은 얼굴이었다. 오히려 개운해 보였다. 킬러는 허리춤에 달려

있는 검은 칼집을 들어 내게 보여 줬다. 칼집은 길이가 두 뼘도 안 되어 보였다. 킬러가 조심스럽게 칼집 입에 칼끝을 대자 칼이 빨려 들어가듯 칼집으로 스르륵 들어갔다. 킬러는 애틋하게 자기 칼을 어루만졌다. 겁먹은 티를 안 내고 싶은데 온몸이 쉬지 않고 덜덜 떨렸다. 킬러를 자극하면 안 된다는 생각이 들었다. 내가 시간을 벌어야 다른 '나'들이 도망갈 수 있을 거다. 백금발의 희생을 헛되게 만들 순 없다.

"뭔가요, 그건?"

"무심(無心). 나만 발동시킬 수 있는 아공간이지."

"……아공간? 사람을 막 잡아먹던데요."

"이 지구에선 다층 공간 활용을 못 하나? 아공간 성형, 이런 거 몰라?"

킬러는 쯧쯧, 혀를 차더니 책상 의자를 가져와 내 앞에 앉았다. 나는 베란다 난간에 선 것도 아니고 앉은 것도 아닌 자세로 있었다. 힐끔 아래를 내려다봤다. 먼저 내려간 세 사람의 모습은 보이지 않았다. 다들 잘 숨은 걸까. 킬러가 집중하라는 듯 손가락을 튕기며 말했다.

"아공간은 공간 원자를 인위적으로 결합시켜서 만든

공간이다. 접어서 3차원 시공에 끼워 둘 수 있어서 편리하지. 너를 찾아온 무리가 쓰던 배낭이 보급형 아공간이야. 크기를 고정해 두기 때문에 창고로 쓰기에 적당하지. 무심은 내 커스텀 아공간이야. 크기를 고정하지 않았기 때문에 계속 증식하고 있어. 접히고 꺾이고 꼬이면서 크기도 형태도 알 수 없이 무질서하게 말이야."

그러니까 지금 백금발이 죽은 게 아니고 무심이라는 아공간에 갇혀 있다는 건가. 그동안 킬러가 해치운 '나'들도 모두 거기에 갇혀 있다는 소리인 것 같았다.

"아공간 무심에 들어가면 어떻게 되는데요?"

킬러는 어깨를 으쓱했다.

"만들기만 하고 들어가 보진 않아서 몰라. 들어간다 해도 그 안을 다 알 순 없을걸. 공간이 접힌 채로 확장하고 있으니까 정신없겠지. 내가 이것저것 많이 집어넣기도 했고. 그래도 궁금하지? 지금 보게 해 줄게. 이 지구에서는 절대 할 수 없는 체험을 시켜 주지."

킬러가 느릿느릿 의자에서 일어났다. 지금이라도 뛰어내릴까, 베란다 아래를 내려다보니 엄두가 안 났다. 3층이 이렇게 높았다니. 잘못 뛰어내렸다간 다리가 똑

부러질 것 같았다. 차라리 살려 달라고 빌어 볼까? 그때 현관으로 조심조심 들어오는 댄서 형님과 눈이 마주쳤다. 형님은 테이저건을 보여 주며 킬러에게 계속 말을 시키라고 입을 뻐끔거렸다.

"그, 그런데 그쪽과 나는 유난히 닮았잖아요. 왜 그런지 알아요?"

"너, 몰라서 묻는 거 아니지? 지금 나 열 받으라고 그러는 거지?"

킬러는 당장 칼을 뽑으려는 듯 칼자루를 잡았다.

"아뇨, 아뇨! 그게 아니고, 진짜로 몰라서, 그니까 저는, 그쪽이 왜 '나'들을 없애고 다니는지 궁금해서……요."

킬러는 고개를 갸웃거리다 픽 웃으며 말했다.

"네가 그렇게 물으니까 웃긴다. 왜 없애면 안 돼? 딱히 살고 싶지도 않잖아."

"제가요?"

"기억 안 나? 애초에 왜 태어났을까, 내가 태어나고 싶어서 태어난 것도 아닌데. 어차피 마지막엔 다 죽을 텐데, 결국 죽으려고 태어나서 이 고생을 하는 건가."

킬러가 말할 때마다 숨이 턱턱 막혔다. 그 음울함이 목을 조르는 것 같았다.

"난 숱한 나를 만났어. 하나같이 다 머저리 같았지. 살려고 노력하지 마, 흉해. 깔끔하게 포기하는 게 나아."

"포, 포기하다니 뭘, 뭘요?"

"내가 해 줄게. 이 우주에 네 몸을 구성했던 원자 한 톨 남지 않게끔, 너를 네 우주의 시공간에서 통째로 도려내 줄게."

"잠깐, 잠깐만요! 오늘 내 생일인데요, 생일 선물이라고 치고 그냥 가시면 안 될까요? 나 오늘 많이 불쌍하거든요. 부모님은 졸혼 예정이면서 날 속였고, 남친은 양다리 걸친 주제에 날 찼고, 친구들은 내 생일 홀랑 까먹었어요. 아직 축하한다는 문자 한 통 못 받았다고요. 이렇게 우울한 생일에 죽기까지 하면 너무 비참하잖아요."

"야, 내 생일도 오늘이야. 네가 나한테 생일 선물 준다 치고 그만 사라지이이아악!"

갑자기 킬러가 비명을 지르더니 온몸을 뒤틀며 자빠졌다. 정신을 잃은 듯했다. 댄서 형님이 테이저건을 제대로 쏜 거다! 얼른 베란다 창틀에서 내려오고 싶었지만 하도 오래 같은 자세로 있어서 몸이 말을 안 들었다. 댄서 형님이 도와줘서 겨우겨우 창틀에서 내려왔다. 형님은 방을 둘러보더니 길게 탄식했다. 백금발에 대해선 말하지 않아도 아는 눈치였다.

"청소년, 넌 괜찮은 거지?"

난 고개만 끄덕였다. 댄서 형님은 메고 있던 배낭을 열고 킬러를 머리부터 욱여넣었다. 나도 손을 보탰다. 배낭 속으로 머리, 어깨, 팔, 몸통까지 쑥쑥 들어가다가 허리에서 꽉 막혔다. 이렇게 저렇게 밀어 봐도 킬러 몸은 더 들어가질 않았다. 이마에서 땀방울이 뚝뚝 떨어졌다. 암만 애를 써도 허벅지까지가 한계였다.

"형님, 아무래도 가방 안을 비우고 다시 넣어야 할 것 같아요."

"안 돼, 그러다가 깨어나면 어쩌려고. 어휴! 평소에 가방 정리 좀 할걸, 난 뭘 이렇게 많이 넣었냐."

난장판이 된 방 한가운데 검은 배낭, 거기서 쑥 삐져나온 사람 다리라니. 정말 가관이다.

"안 되겠다. 청소년, 그냥 가자."

"형님, 저대로 두고 가자고요?"

"서둘러, 지퍼가 안 닫혀서 킬러가 곧 빠져나올 수도 있어."

댄서 형님은 배낭을 뻥 소리가 나게 걷어차고 나갔다. 부스럭, 킬러 다리가 꿈틀거렸다. 나는 킬러 다리를 콱 밟고 잽싸게 뛰었다.

망원시장

집에서 나와 시장 골목 어귀로 나가니 왕언니와 댕기 머리가 기다리고 있었다.

"우리만 왔어."

댄서 형님이 고개를 숙이고 말했다. 왕언니는 딱딱한 표정이 되었고 댕기 머리는 울음을 참느라 이를 악물었다. 대뜸 댕기 머리가 날 노려보며 내쏘았다.

"뭘 멍청하게 서 있는 게야, 빨리 앞장서야 우리가 따라갈 게 아니냐! 이번에도 꾸물대다 우릴 몽땅 저 야차한테 넘길 셈이냐!"

"어디로 가는지 알아야 앞장서죠."

나도 기분이 나빠져 퉁명스럽게 대꾸했다. 그러자 댕기 머리가 펄펄 날뛰었다.

"이 아둔한 것의 말본새를 좀 보게! 반성하는 기색이 하나도 없어. 네가 서둘러 내려왔더라면 그 아리따운 신유민이 야차한테 당하진 않았을 거 아니냐!"

"뭐, 아둔한 것? 이 쪼그만 게, 너 말 다 했어?"

내 말이 끝나기도 전에 댕기 머리가 이를 악물고 달려들었다. 내가 댕기 머리를 쥐어박으려는 순간 왕언니와 댄서 형님이 우리 둘을 떼어 놓았다. 왕언니는 댕기 머리를 꼭 끌어안았다. 분에 못 이겨 씩씩대던 댕기 머리가 흐어엉, 울음을 터트렸다. 왕언니도 훌쩍이며 눈물을 훔쳤다. 댄서 형님도 먼 산을 바라보며 눈을 끔뻑거렸다. 백금발이 그렇게 사라져서 나도 속상하다. 그렇다고 내가 뭘 어떻게 할 수 있는 상황도 아니었다.

"진짜 울어야 할 사람은 나라고요, 나! 당신들이 갑자기 쳐들어왔잖아요. 우리 집은 난장판이 됐고 눈앞에서 백금발은 사라졌고 나도 죽을 뻔했어요. 가뜩이나 엄마 아빠 때문에 심란해 죽겠는데 친구들은 연락도 없어. 전남친이 양다리였던 것도 오늘 알았다고. 뭔 생일이 이래? 쇠털같이 많고 많은 날 중에 왜 하필 오늘 이 난리지? 당신들은 왜 내 생일에 와서 이 난장판을 만드냐고!"

"……우리도 오늘이 생일이란다. 오늘은 모든 신유민들의 생일이지."

왕언니가 한탄하듯이 말했다.

"유민 씨가 말투는 까칠해도 마음은 정말 여리고 고왔어. 그런 모습의 내가 있다는 게 정말 좋았는데……. 오늘이 생일이자 기일이 되었구나."

댄서 형님도 길게 탄식하며 말했다.

"오늘 저녁엔 건조 식량 말고 흰 쌀밥에 미역국을 차려 먹자고 했느니라. 그 아리따운 신유민이 우리들의 생일이니까 오늘만큼은 즐겁게 놀자고…… 흐어엉!"

결국 댕기 머리는 풀썩 주저앉아 울었다. 왕언니도 댄서 형님도 대놓고 울기 시작했다. 모든 것이 멈춘 고요한 골목길에 '나'들의 울음소리가 울려 퍼졌다. 절로 한숨이 나오는 풍경이었다.

"진짜 내 인생 왜 이러냐. 전 우주를 통틀어 제대로 살고 있는 나는 단 한명도 없는 거야?"

꼬륵, 꼬르르륵.

돌림 노래처럼 댕기 머리, 댄서 형님, 왕언니 배에서

소리가 났다. 마지막으로 나까지. 내 배에서 난 소리가 제일 컸다. 셋은 울음을 멈추고 나를 쳐다봤다. 하도 정신이 없어 배가 고픈 줄도 모르고 있었는데 한번 허기를 느끼고 나니 못 견디게 배가 고팠다.

"다들 따라와요."

나는 훌쩍이는 '나'들을 데리고 망원시장으로 들어갔다.

세 사람은 눈이 휘둥그레졌다. 망원시장에 친구들을 데리고 올 때면 언제나 어깨에 힘이 들어갔다. 고향을 자랑하는 기분이랄까? '여기가 재래시장이야, 마트에는 없는 풍류라는 게 있단다.'

펄펄 끓는 기름 속에서 노랗게 익던 고로케, 바글바글 끓던 고운 빨강 떡볶이, 피라미드처럼 쌓인 두툼한 김밥을 지나 포장 상자를 산처럼 쌓아 둔 닭강정 가게로 갔다.

"여기가 망원시장에서 제일 맛있는 닭강정 가게예요, 망원동에서 나고 자란 제가 보증합니다. 오른쪽부터 순서대로 크림까르보, 데리야끼, 원조양념, 불닭양념, 후라이드, 청양고추 후라이드. 맛보세요, 제가 쏩니다."

나는 휴대폰 케이스 속에 숨겨 둔 비상금 만 원을 꺼내며 말했다. 말이 떨어지자마자 세 신유민은 빛의 속도로 닭강정을 흡입했다. 역시 나는 나, 음식 앞에서 체면 따윈 차리지 않는다.

"어머, 어머! 댄서 형님, 손으로 집어 먹으면 어떡해요! 거기 꼬치로 찍어 드세요. 댕기 머리 넌 불닭 못 먹어, 진짜 맵단 말이야. 왕언니, 뒤적거리지 말고 그냥 드세요. 크기 다 거기서 거기라고요. 아, 다들 비켜요! 내가 덜어 줄게요."

나는 닭강정을 종류별로 포장 상자에 담아 건넸다. 세 신유민은 숨도 안 쉬고 닭강정을 먹었다.

"살다 살다 내 이런 맛은 처음일세! 아깐 내가 말이 지나쳤어, 용서하시게. 자네가 우리를 생각하는 마음을 내 미처 몰랐으이."

"청소년, 너 진짜 좋은 세상에서 사는구나! 이런 양질의 음식이 산처럼 쌓여 있다니, 이 지구는 유토피아야!"

"그러게나 말이다. 나도 파생 지구의 음식 문화를 연구할 것을, 괜히 우주수에 꽂혀서는! 머리털이나 다 빠지고!"

댄서 형님이 눈을 동그랗게 뜨고 물었다.

"왕언니, 그 머리 가발이었어? 어쩐지 숱이 많더라, 내 머리털이 그럴 리가 없는데 말이야."

왕언니는 못 들은 척 닭강정만 씹었다. 세 신유민이 닭강정에 심취한 사이 난 슈퍼에 갔다. 어정쩡한 자세로 멈춰 선 사람들 사이로 조심조심 들어가 냉장고에서 콜라랑 사이다를 꺼냈다. 댕기 머리는 과자를 못 먹어 봤을 것 같아서 짭조름한 과자도 한 봉지 골랐다. 나오면서 계산대에 1000원을 올려놨다. 나중에 돌아오면 꼭 제대로 계산할게요, 계산대에 서 있는 주인 아주머니에게 마음속으로 인사했다.

돌아가 보니 세 신유민은 아직도 닭강정을 먹고 있었다. 만 원어치는 진즉에 넘었다. 여기도 나중에 돌아와서 제대로 계산해야겠다. 난 '나'들에게 음료수를 건넸다.

"마시면서 먹어요."

"오, 청소년! 고마워. 그런데 혹시 이 지구에 맥주는 없어?"

"어허! 이 사람, 여기 신유민은 청소년이잖은가, 자네가 직접 가서 알아보게."

"어, 그렇네. 미안, 청소년! 그럼 갔다 올게. 왕언니도 맥주 마실래?"

두 어른 신유민은 의기투합하여 슈퍼에 갔다. 어이없다, 진짜. 그사이 댕기 머리는 사이다를 원샷하더니 코를 부여잡고 몸부림을 쳤다. 흐흐, 쌤통이다. 댕기 머리가 내 손을 슬쩍 잡으며 말했다.

"저쪽에 있는 떡집 말이다, 인절미에, 꿀떡에, 약밥에, 두텁떡까지…… 정말 없는 게 없더구나."

"나 돈 없어, 이제."

"내 생일엔 어머니께서 꼭 두텁떡을 해 주셨는데……."

댕기 머리가 초롱초롱한 눈동자로 날 올려다봤다. 어느 결에 왕언니와 댄서 형님도 와서는 입맛을 다시며 떡집을 바라보고 있었다. 으이구, 나랑 지내는 거 정말 만만치 않다.

"세 팩에 만 원이니까 여섯 팩 골라요."

말이 끝나기도 전에 난 댕기 머리에게 이끌려 떡집 앞에 서 있었다. 댕기 머리는 두텁떡과 꿀떡을 고르고선

날 보며 방글방글 웃더니 갑자기 온몸으로 날 밀쳤다.

"비, 비키거라!"

키이이잉, 날카로운 소리와 함께 거대한 암흑 공간이 나타나 순식간에 떡집 절반을 삼켜 버렸다. 댕기 머리도 보이지 않았다. 암흑 공간은 어지러이 일렁이다 칼 모양으로 되돌아갔다. 킬러가 얼굴을 잔뜩 찌푸리곤 칼을 이리저리 휘두르며 걸어왔다.

"한꺼번에 다 삼키려고 했는데 왜 이러지? 겨냥하기 어려워진 것 같아. 이런 적이 없었는데 말이야."

킬러는 이번엔 정확하게 나를 노려 칼을 휘둘렀다. 난 발이 땅에 붙어 버린 것처럼 꼼짝도 못 했다. 쩌억, 칼이 갈라지며 암흑 공간이 나왔다.

"청소년, 숙여!"

암흑 공간 속으로 스테인리스 곰국 솥이 날아갔다.

"댄서 형님!"

형님이 그릇 가게에서 양동이며 주전자를 집어 닥치는 대로 킬러에게 던졌다. 킬러가 이를 뿌득뿌득 갈며 댄서 형님을 향해 칼을 휘둘렀다. 하지만 형님은 파쿠르를 하듯 건물과 건물 사이를 뛰어넘으며 능숙하게 피했다. 댄서 형님 대신 시장 건물이 썩둑썩둑 잘려 암흑 공간으로 빨려 들어갔다. 그런데 암흑 공간이 열리고 닫힐 때마다 눅눅한 바람과 함께 오래된 종이 냄새가 풍겼다. 낯설지가 않았다. 내가 멍하니 있자 형님이 소리쳤다.

"둘이 먼저 가, 얼른!"

댄서 형님이 킬러 앞을 막아섰다. 왕언니는 내 손을 잡아끌었다.

"한강 쪽으로 가자. 어느 방향이지?"

"저기 큰길에서 왼쪽이요."

우리는 시장을 빠져나와 망원지하보도 쪽으로 달렸다. 왕언니는 엄청난 속도로 뛰었다. 나도 달리기라면 자신 있는데 도저히 왕언니를 따라잡을 수가 없었다. 공원 입구 교차로까지 오니 너무 숨이 차서 뛸 수가 없었다.

"왕, 왕언니, 나 더는 못 가겠어요."

난 정류장에 선 마을버스 앞에 주저앉았다. 바람 한 점 불지 않아 더 힘이 들었다. 땀이 비 오듯 흐르고 숨이 가빠 어지러웠다. 한데 왕언니는 전혀 지친 기색이 없었다. 왕언니가 배낭에서 물을 꺼내 내게 건넸다. 미지근했지만 마시고 나니 살 것 같았다.

"왕언니, 바로 앞이 한강이에요. 이제 어디로 가요?"

왕언니는 월드컵대교 쪽을 가리키며 말했다.

"우주수 가지 끝을 저쪽에 내려 뒀다. 거기까지 가면 우주수에 탈 수 있어. 그럼 킬러도 우릴 쫓을 수 없다."

"알았어요. 동선 나왔으니까 무기 될 만한 거 들고 댄서 형님한테 가요. 킬러한테서 그 칼만 빼앗으면 킬러도 별수 없을 거예요."

"칼? 칼이라니?"

"그거 있잖아요, 킬러가 휘두르는 칼처럼 생긴 암흑 공간이요. 시커먼 아가리처럼 쩍 벌어져서 사람이든 건물이든 다 삼키는 거요."

"잠깐만, 넌 그게 보이니?"

"네? 네. 자기가 만든 아공간 무심이라고 했어요."

"그래, 넌 킬러의 무기가 보이는구나. 킬러의 무기가 아공간이었어. 그럼 됐다, 이제 된 거야!"

왕언니는 아이처럼 기뻐하더니 돌연 내 손을 꽉 잡고 말했다.

"잘 들으렴. 유민아, 우린 다 당할 거다."

"네에?"

"하지만 네가 킬러의 아공간을 깨트린다면 모두 돌아올 거야. 아공간이란 게 그렇거든. 깨지는 순간 그 안에 있던 모든 것은 삼켜졌던 순간의 위치로 되돌아간다. 그러니 네가 킬러의 아공간을 깨트려 다오."

"제가요? 제가 어떻게……?"

"넌 알아낼 수 있을 거야. 킬러가 만든 아공간은 킬러와 너만 통제할 수 있거든, 왜냐하면……."

왕언니는 잠깐 말을 멈췄다가 난감한 듯 내 눈을 피하면서 말을 이었다.

"네게서 킬러가 파생되었기 때문이야."

"……네?"

"우리는 같은 '나'인 동시에 다른 개체들이야. 같은 신유민이지만 나이도, 살아온 세계도, 심지어 성별도 다르지. 그런데 킬러와 넌 완전히 똑같잖니. 나이도 비슷한 걸로 봐선 얼마 전에 그리됐을 거다."

"말도 안 돼! 저 흉악한 게 나한테서 나왔다고요?"

"반대로 킬러에게서 네가 파생되었을 수도 있고."

"아뇨, 아뇨! 시간상으로도 안 맞잖아요. 잰 진작부터 여기저기 돌아다니면서 나를 없앴다면서요."

"우주마다 시공간의 흐름은 달라. 시공 얽힘이나 시공 왜곡은 얼마든지 가능해. 킬러가 파생된 때를 특정할 순 없지만 비교적 가까운 시기인 건 분명해. 최근에 중대한 사건이 있었니? 급격한 심경의 변화가 있었다든가."

"오, 오늘이요! 지금이 제일 황당하죠! 킬러가 나한테서 나왔다는 거, 진짜로 확실한 거예요?"

왕언니는 내 눈을 피했다. 거듭 물어도 대답하지 않더니 대뜸 메고 있던 배낭을 바닥에 내려놓곤 안을 뒤적거렸다.

"우린 킬러의 아공간이 보이지도 않아. 네가 말해 주기 전까지는 칼 형태인지도 몰랐어. 하지만 넌 분명하게 볼 수 있지, 그 형태며 기능까지 전부 다. 그것만으로도 네가 나설 이유는 충분해. 킬러는 널 보자마자 자기와의 관계를 알아차렸을걸. 그러니 네가 어떻게 나오든 그 종자는 널 완전히 없애려 들 거야. 여기 있구나! 그래, 내가 챙겼을 줄 알았지."

왕언니가 히죽 웃더니 덜그럭덜그럭, 배낭에서 허옇고 길쭉하고 허름한 물건을 꺼냈다.

돼지…… 등뼈?

사실상 전투 병기

"웨어러블 로봇이다. 이거 정말 좋은 물건이야."

"웨어러블 로봇이라면 최첨단 기술 아닌가요? 이건 영락없는 돼지 등뼈인데요. 감자탕 재료요."

아닌 게 아니라 정말로 돼지 등뼈에 넓적한 벨트와 비닐 끈을 얼기설기 이어 붙인 모양이었다. 왕언니는 짐짓 젠체하며 돼지 등뼈를 건넸다.

"어서 입으렴. 그냥 옷 위에 입으면 된다."

"이 돼지 등뼈를요?"

"돼지 등뼈가 아니고 웨어러블 로봇이라니까. 나도 입었어. 지치지 않고 뛰는 거 봤지? 다 이거 덕분이야."

왕언니는 겉옷을 들치고 옷 안에 입은 웨어러블 로봇을 보여 줬다. 자기는 속에다 입었으면서, 난 들으라고 크게 툴툴댔지만 왕언니는 딴소리만 했다.

"보기엔 이래도 최신형 근골격 강화 웨어러블 슈트야. 입으면 근력이 다섯 배까지 올라가. 사실상 전투 병기지. 내가 미끼가 돼서 킬러의 시선을 끄는 동안 네가 킬러의 칼을 빼앗아."

"알았어요, 입을게요."

왕언니는 내가 웨어러블 로봇을 입는 걸 도와줬다. 제일 넓적한 벨트는 허리에 묶고 나머지 끈은 어깨, 팔꿈치, 손목, 허벅지, 무릎, 발목에 둘렀다. 왕언니가 돼지 등뼈를 내 척추에 딱 맞게 대고 꾹 누르자, 촤라라락 소리가 났다. 흐늘거리던 벨트와 끈이 물결치듯 움직이더니 부드럽고 단단하게 몸을 감쌌다. 꼭 탄성 좋은 고무공을 몸에 두른 것 같은 느낌이었다.

"몸을 이리저리 움직여 봐. 네 몸에 딱 맞게 미세 조정이 될 거다."

나는 팔을 휘두르고 다리를 쭉쭉 뻗으며 스트레칭을 했다. 처음엔 묵직했는데 움직일수록 무게감이 안 느껴졌다.

"돼지 등뼈 이거 진짜 좋은데요? 몸이 가뿐해졌어요."

"이 경추 보호대까지 착용하면 더욱 좋을 거야."

왕언니가 이번에는 개 목걸이처럼 생긴 끈을 내 목에 두르려고 했다.

"아뇨! 이거면 충분해요. 이미 충분 이상입니다!"

내가 손사래를 치자 왕언니는 못내 아쉬운 듯 쯧쯧 혀를 차며 개 목걸이를 도로 집어넣었다. 돼지 등뼈 성능은 엄청났다. 제자리 높이 뛰기를 하니까 버스 정류장 안내판이 발에 닿았다. 망원지하보도 앞까지 다녀오는 데 10초면 충분했다.

흡족한 듯 나를 바라보던 왕언니가 다급하게 외쳤다.

"달려라, 그대로 쭉 뛰어!"

"네?"

"한강 쪽으로 가, 얼른!"

왕언니가 배낭에서 야구 방망이를 꺼내며 재촉했다. 뒤를 돌아보니 망원시장 쪽에서 킬러가 걸어오고 있었다. 댄서 형님의 모습은 보이지 않았다.

"왕언니, 킬러가 이상해요."

킬러의 칼도 이상했다. 1m가 훌쩍 넘던 칼이 30cm 정도로 짧아졌다. 모양도 아까의 매끈한 환도가 아니었다. 일렁거림이 심해져서 뜯어진 옷 솔기처럼 지저분하게 보였다. 킬러 얼굴도 좀 이상했다. 일그러졌다고 해야 하나, 뒤틀렸다고 해야 하나, 처음 봤을 때와는 사뭇 달랐다. 더 음울하고 섬뜩해졌다.

“둘이 같이 있으니 좋아 보이네. 그대로 있어, 내가 같이 보내 줄게.”

킬러가 날카롭게 소리를 지르며 이쪽으로 뛰어왔다. 왕언니도 야구 방망이를 휘두르며 킬러에게 달려들었다. 키이잉, 킬러의 칼이 소리를 내며 벌어지기 시작했다.

“안 돼!”

재빨리 왕언니를 어깨에 둘러업고 반대 방향으로 내달렸다. 난 바람처럼 빨랐다. 킬러가 뒤에서 칼을 휘둘렀다. 난 날다시피 망원지하보도를 빠져나가 오른쪽으로 뛰었다. 힐끔 뒤돌아보니 지하보도가 절반은 사라져 있었다. 내가 잡히지 않자 킬러는 분에 못 이겨 소리소리 질렀다. 성산대교까지 오니 킬러가 보이지 않았다. 난 편의점 앞에서 왕언니를 내려 주었다.

“왕언니, 일단 이 편의점에 숨어서 작전을 짜…….”

"아, 안 돼!"

왕언니가 비명을 지르며 온몸으로 날 밀쳐냈다. 난 튕겨져 나가 편의점 벽에 부딪혔고 왕언니는 쩍 벌어진 암흑 공간으로 빨려 들어갔다. 킬러의 칼은 작아졌지만 위력은 여전했다. 킬러는 비틀비틀 내 쪽으로 걸어왔다. 몰라볼 정도로 더 흉흉해졌다. 눈에 벌겋게 핏발까지 서니까 댕기 머리 말대로 진짜 야차 같았다. 킬러가 능글맞게 웃으며 말했다.

"웨어러블 로봇을 입었구나, 잘 어울리네."

"왕언니 어쨌어? 댄서 형님은 어딨고?"

"알면서 뭘 물어."

킬러가 어깨를 으쓱했다. 능글능글 웃는 저 얼굴을 한 대만 때리고 싶다.

"야, 넌 사람이 어쩜 그렇게 못됐니? 왜 그런 몹쓸 짓을 하는 거야? 너 진짜 흉악해, 끔찍하다고!"

킬러는 고개를 끄덕이며 수긍했다.

"그래, 바로 그거라니까. 난 흉악해. 그리고 모든 '나' 는 끔찍해."

"야!"

"솔직하게 생각해 보자. 나는 내가 좋은가?"

"뭔 뚱딴지같은 소리……?"

"난 왜 이럴까? 왜 하필 이런 나지? 왜 이 모양으로 태어났지?"

순간 머리털이 쭈뼛 섰다. 킬러가 어떻게 알고 있는 거지? 나만 알던 내 속마음을…… 어떻게?

"참 쓸모없다. 잘하는 것도 없고 잘하고 싶은 것도 없고. 왜 이러고 사냐며 너를 싫어했던 건 너였어. 지난 겨울까지만 해도 거울 보는 거 싫어했잖아, 못생겨서."

킬러는 의기양양하게 웃었다. 왕언니 말이 맞았다. 킬러는 내게서 파생된 거였다! 난 놀란 티를 안 내려고 애쓰면서 말했다.

"그건 다 지난 일이지. 지금은 안 그래. 좋은 친구들도 있고 자격증도 많이 따 놨어. 곧 실습 나갈거고 취업도 할 거야. 나름 잘하고 있다고!"

킬러는 웃겨서 못 견디겠다는 듯 킬킬대더니 벌겋게 충혈된 눈동자를 희번덕거리며 말했다.

"그거 다 내 덕이잖아."

"뭐……가?"

"진짜 몰라? 고3 되는 거 무섭다며 개학 전날 끙끙 앓을 때, 그때 내가 갈라져 나왔어. 내가 네 모든 어둠을 가져온 덕에 넌 꽃밭에서 산 거야. 모든 우주의 '나' 중에 네가 제일 편하게 살았어."

"아니야! 나도 마냥 편하진 않았어!"

나도 모르게 격양된 목소리가 튀어나왔다. 하지만 울분이 치밀어 진정할 수가 없었다.

"우리 집도 엉망진창이야. 엄마 아빠 갈라설 거래. 그동안 졸혼을 준비했던 거야. 이모는 나더러 엄마 아빠 이해하래. 웃기지 않아? 나 열여덟 살이야. 왜 마흔여덟 살을 이해해 줘야 해? 마흔여덟 살이 열여덟 살을 이해해 줘야지, 안 그래? 그리고 취업 준비하는 고3도 힘들어. 취업은 할 수 있나, 이상한 회사 들어가면 어쩌나. 현장 실습도 걱정된다고. 먼저 실습 나간 친구들은 바쁘다고 연락도 잘 안 해. 인생 너무 슬프지 않니? 그래서 난 더 잘 살 거야. 억울해서 그냥은 못 살아. 진짜 잘 살 방법 찾아서 끝내주게 잘 살 거야!"

묵묵히 듣던 킬러가 고개를 끄덕이더니 칼을 높이 치켜들었다.

"들어 줬으니까 됐지? 이제 잘 가."

검은 칼날이 쩍 벌어졌다. 피할 틈도 없이 기괴하게 틀어진 암흑 공간이 나를 덮쳤다. 젠장.

어둠, 안개 그리고 나

편안하다.

아득하고 깜깜한데 포근하다.

이게 죽음이란 건가……. 그런데 정신이 왜 이리 말똥말똥하지? 어디 아픈 곳도 없다. 손가락 열 개, 발가락 열 개 다 잘 움직인다. 돼지 등뼈도 가방도 그대로다. 아아, 나 죽은 게 아니라 킬러의 아공간 무심에 갇힌 거구나!

정신을 가다듬고 주위를 둘러봤다. 안개가 낀 밤처럼 눅눅하고 어두웠다. 분명 다른 '나'들도 다 여기 있을 텐데……. 일단 찾자. 찾아서 같이 빠져나가자. 일어서려고 바닥을 짚는데 후욱, 몸이 아래로 떨어지기 시작했다. 맙소사, 바닥이 없다!

"끄아아아악!"

버둥댈수록 더 빠르게 추락했다. 질끈 눈을 감았다. 머리통부터 깨질까, 목뼈가 먼저 부러질까, 척추부터 끊어질까. 부딪히는 순간 기절해서 아픈 걸 모를 수도 있지 않을까. 죽음보다도 죽기 직전에 겪을 고통이 훨씬 무섭다. 이렇게 비명횡사할 줄 알았으면 성당에 계속 다닐걸. 아버지, 제 영혼을 당신께 맡깁니다……. 맞나?

한데 암만 기다려도 땅바닥에 머리통이 부딪혀 박살 나는 일은 일어나지 않았다. 슬쩍 실눈을 뜨고 주위를 둘러봤다. 여전히 어두침침했지만 아까보다는 훨씬 잘 보였다. 추락 속도도 확연히 느려졌다. 짚을 바닥이 없으니 윗몸일으키기를 하듯 몸을 세우려고 했는데 끄악, 또 빠르게 추락하기 시작했다! 그런데 가만히 있으면 다시 떨어지는 속도가 줄었다. 몸에 힘을 주면 빠르게 떨어졌고 몸에 힘을 빼면 둥둥 떠다녔다. 좋아, 이제 감 잡았다. 몇 번 해 보니 아공간 무심 속을 헤엄치듯 돌아다닐 수 있었다.

후웅, 후우웅.

어디선가 바람 소리가 들렸다. 주위를 살펴보니 위쪽

에서 무언가가 느릿느릿 내려오고 있었다. 큰 돗자리만 한 종이 수십 장이 시계추처럼 흔들거리며 아래로 떨어지고 있었다. 난 가장 가까운 종이를 향해 헤엄쳤다.

종이는 낡았지만 캠핑 매트처럼 두툼했다. 난 조심스럽게 종이 위에 올라가 앉았다. 종이는 잠시 출렁거리다 곧 균형이 잡혔다. 판판한 바닥에 앉으니 긴장이 확 풀렸다. 후우우, 한숨이 절로 났다.

"뭐야, 넌?"

"끄아아아악!"

심장이 입으로 튀어나올 뻔했다. 주위를 둘러봤지만 아무도 없었다.

"아래다, 이 멍청한 것아."

종이가 출렁출렁 요동쳤다. 어떤 '나'가 종이 구석에 스티커처럼 붙어서 발길질을 하고 있었다! 아주 오래전에 왔는지 옷이 다 삭고 색도 바랬다. 얼굴은 이목구비를 알아보기 힘들 정도로 초췌했다. 발목까지 오는 검은 머리카락만 생생했다.

"안녕……하세요? 그쪽도 킬러에게 당해서 여기에 왔나요?"

"보면 모르냐. 시끄러워, 얼른 내 종이에서 꺼져."

긴 머리는 옆으로 돌아누웠다. 나랑 눈도 마주치기 싫은 듯했다. 나는 뒤로 조금 물러나 앉아 물었다.

"저기요, 이 공간에 대해 알려 줄 수 있어요? 난 여길 나갈 방법을 찾고 있어요."

"묻지 마. 어차피 모든 건 다 가라앉으니까."

"다 가라앉다뇨, 여기선 위로는 못 올라가요?"

"몰라! 내 종이에 붙어 있을 생각 말고 얼른 다른 빈 종이나 찾아."

"잠깐, 잠깐만요! 혹시 저기 떠다니는 종이마다 다 '나'가 있어요? 킬러에게 붙잡힌 나는 모두 다 종이에 붙어 있나요?"

"종이에 붙어 있으면 조금이라도 편하니까. 나도 처음엔 너처럼 뭔가를 해 보려고 했어. 갈 수 있는 곳까지 가 보고 할 수 있는 건 다 했지. 그렇게 해서 알아낸 건 딱 하나야. 뭘 어떻게 해야 할지 도무지 모르겠다는 거."

긴 머리는 더 이상 말하기 싫다는 듯 눈을 딱 감았다. 정말 스티커처럼 미동도 없이 가만히 종이에 붙어 있었다. 긴 머리카락만 종이의 움직임을 따라 일렁일렁 휘날렸다. 혹시 긴 머리는 머리카락이 저만큼 길 때까지 이곳을 빠져나가려고 시도했던 걸까. 그래서 결국 체념하게 된 걸까.

긴 머리가 말한 '뭘 어떻게 해야 할지 도무지 모르겠다'는 그 기분은 나도 안다. 고등학교에 진학할 때 그랬다. 졸업 후에 대학에 가는 게 좋을지, 먼저 취업하는 게 더 좋을지 몰랐다. 부모님의 부담을 덜고 싶은 마음과 다른 애들처럼 부모님이 지원해 주면 좋겠다는 마음 중에 뭘 선택해야 할지 도무지 알 수 없었다. 지금도 그렇다. 딱히 잘하는 것도 없고 특별히 하고 싶은 것도 없는데 뭘 어떻게 살아야 하는지 도무지 모르겠다. 도무지 모르겠는데…….

가방을 열었다. 아까 산 다꾸용품 중에서 펄이 들어간 분홍색 마스킹 테이프를 꺼냈다. 손으로 툭툭 끊어 별을 만들고 '나'의 검고 긴 머리카락 주위에 붙였다. 꽤 잘 어울렸다. 부드러운 밤하늘에 크고 작은 별이 반짝이는 것 같았다.

"지금 뭐 하는 거야? 그만둬, 얼른 꺼지라니까!"

"반짝이는 게 있으니까 그쪽 헤어스타일이 더 아름다

워 보여요. 좋은데요.”

별을 다 붙이자 ‘나’는 물론 종이까지 산뜻해졌다. 이렇게만 꾸며도 어둠 속으로 무력하게 떨어지는 게 아니라 예쁜 꿈을 꾸며 쉬는 것처럼 보였다. 푹 쉬고 일어나면 다시 씩씩하게 하루를 살아갈 ‘나’로 보였다.

“또 다른 ‘나’가 한 말인데요, 내가 이 아공간을 부술 수 있대요. 내가 반드시 방법을 찾을게요. 우리 꼭 돌아가요.”

“나도 처음엔 내가 할 수 있을 줄 알았다니까? 너도 헛꿈 꾸지 말고 얼른 네 살길 찾아. 빈 종이나 찾으라고.”

“음…… 하나만 더 하고요.”

나는 금색 펄 마커를 꺼냈다.

체념 끝. 이제부터 새롭게.

좀 오글거리지만 필요한 말이니까 또박또박 정성 들여 썼다. 긴 머리는 물끄러미 글씨를 바라보다가 목을 가다듬고 말했다.

“여기 온 모두가 절망했지만 정작 바닥 끝까지 내려

간 '나'는 없었어. 끝없이 떨어지는 게 무서워서 빈 종이에 안착한 거지. 내가 아는 건 이게 전부야."

나는 긴 머리에게 손을 내밀었다. 긴 머리는 잠시 머뭇거리다가 슬쩍 내 손을 잡았다. 우린 그렇게 마음을 나눴다. 나는 긴 머리의 종이에서 내려와 다시 헤엄치기 시작했다.

근처로 회색 종이가 지나갔다. 나는 천천히 다가가 그 위에 올라탔다.

회색 종이는 눅눅했다. 손바닥에 물이 배어날 정도였다. 회색 종이에 붙어 있는 '나'는 물기 어린 회색이었다. 피부색도 옷도 모두 회색인 걸 보니 출신 지구가 회색 톤이었나 보다. 회색이는 모로 누워 있었다. 풀어 헤친 머리카락이 눈을 가리고 있어서 자는 건지 깨어 있는 건지 알 수 없었다. 난 조심조심 가까이 다가가서 말을 걸었다.

"저기요, 실례합니다. 뭣 좀 여쭈려고요."

"실례인 줄 알면 오지 마! 여쭙지도 마!"

으잇, 화들짝 놀랐다. 얼마나 오랫동안 말을 안 했는지 사람 목소리가 아니라 쇠를 긁는 소리가 났다. 여기 있는 '나'들은 모두 화가 난 것 같다. 난 좀 더 정중하게 말을 건넸다.

"꼭 물어볼 게 있어요. 좀 급하거든요, 중요한 일이고요."

"가까이 오지 말고 뒤로 좀 더 가. 아니, 뒤로 더. 그래, 그렇게 끝에 앉아. 거기서 고개 숙이고 있어. 더 숙여, 나 안 보이게. 됐어. 자, 이제 물어봐."

시키는 대로 하자 회색이의 목소리가 한결 누그러졌다.

"혹시 여기 와서 다른 '나'를 만난 적 있나요?"

"몰라, 기억 안 나. 난 계속 여기에 숨어 있었어."

"그럼 전해 들은 이야기도 없나요? 바닥에 대한 거나, 새로 들어온 다른 '나'에 대한 거요."

"근데 얘, 내 목소리 이상하지 않니?"

"네……? 아, 목이 좀 쉰 것 같긴 한데 그게 이상한 건가요? 그냥 오랫동안 말을 안 해서 그런 거 같은데요."

바스락바스락, 회색이가 움직이는 소리가 들렸다. 고개를 들어 보고 싶었지만 회색이가 보지 말라고 했으니 꾹 참았다. 소리가 점점 더 가까워지더니 뚝 그쳤다. 고개를 숙이고 있어도 회색이가 바로 앞에 서 있다는 걸 알 수 있었다. 혹시 날 걷어차려는 건 아니겠지?

"나 좀 봐 봐. 나 이상해?"

'응, 이상해. 회색인 것도 이상한데 성격은 더 이상해!' 라고 말하고 싶었지만 참았다. 스티커처럼 종이에 착 붙어 있다가 일어났으니 팔랑거리는 종이 인형 같을까? 기대 반 불안감 반으로 고개를 들었다. 그런데 예상외였다.

"어…… 이상하냐니, 뭐가요?"

"나 뚱뚱하지 않아?"

"네? 적정 체중으로 보이는데요."

정말 그랬다. 회색이는 내 또래 평범한 소녀였다. 볼이 통통하니 건강해 보이고 정감 가는 인상이었다. 회색이는 자기 얼굴을 만지작대며 다시 물었다.

"내 얼굴에 주근깨 많지? 꼭 재 뿌린 것 같지 않아? 피부도 거무튀튀해서 더러워 보이고."

"어, 그건 좀 인정. 나도 내 주근깨 그렇게 안 좋아해요. 그런데 살짝 반항적인 멋도 있지 않아요? 자연스럽고 활동적으로 보이고요."

회색이는 내 말을 듣기나 한 건지 이번엔 다리를 내밀

더니 바지를 걷어 올리며 물었다.

"나 다리 너무 짧지 않니? 종아리는 너무 굵고."

"나도 그래요. 허리가 길고 다리는 짧고 굵다래요. 근데요, 몸을 부위별로 뜯어보면서 이상하다, 아니다 그러는 건……."

"나 지금 심각하거든! 손가락도 봐 봐, 너무 굵지 않니? 손톱은 짧고 옆으로 퍼졌어. 나는 왜 어디 하나 예쁘게 생긴 데가 없나 몰라. 짜증 나, 너무 이상하게 생겼어."

회색이 얼굴에 가득한 불만과 불안이 낯설지 않았다. 예전 기억이 후욱 올라왔다. 고2 때, 거울만 보이면 피해 다녔다. 지금도 외모 콤플렉스가 없진 않지만 그때는 유난히 심했다. 얘도 나처럼 괜찮다는 말이 듣고 싶은 걸까. 어쩌면 같이 속상해해 달라는 것일 수도 있다.

"저기요, 왜 그렇게 자기 몸에 가위표를 치면서 이상하다고 그래요?"

"이상하니까 그러지. 이렇게 뜯어보고 저렇게 뜯어봐도 다 이상해. 그래서 난 여기가 좋아. 누가 날 볼 일이 없잖아."

"그렇지 않아요! 그쪽 생김새에는 아무 문제가 없어요. 이리 와 봐요. 더 가까이 와 보라고요."

난 회색이를 내 옆에 바짝 붙어 앉게 했다. 그리고 가방에서 필통이랑 다꾸용품을 꺼내 바닥에 쫙 펼쳤다. 회색이 눈이 휘둥그레졌다.

"내가 캐릭터를 그리면서 설명해 줄 테니까 잘 봐요. 깔끔하고 활기찬 스타일을 해 볼게요. 머리 잘 빗어서 이렇게 포니테일로 묶고, 앞머리는 이마 반만 가리게 넘겨요. 상의는 바지 안에 넣어서 입고 카디건은 열어 놓고. 신발 끈 딱 묶고, 어깨 쫙 펴면! 짠, 어때요? 이제 이렇게 해 봐요."

"지……금?"

난 고개를 끄덕이곤 빗을 건넸다. 회색이는 주섬주섬 일어나서 머리를 빗고 옷매무새를 가다듬었다. 그래, 내가 이럴 줄 알았다니까.

"봐요, 이상한 데가 어딨어요? 괜찮은데 괜히 그래."

'괜찮은데 괜히 그래'는 내 외모 콤플렉스가 한창 심했을 때 민서랑 지윤이가 해 줬던 말이다. 민서랑 지윤이는 단호했다. '스타일을 찾되 몸을 품평하지 말자'며 어울리는 스타일을 같이 찾아 보자고 했다. 그 말이 더 듣고 싶어서 일부러 툴툴거리기도 했던 것 같다. 민서랑 지윤이가 도와줬던 것처럼 나도 회색이를 도와주고 싶다. 나도 '나'에게 다정한 사람이 되고 싶다. 회색이가 날 돌아보며 빙긋 웃었다.

"네 말대로 했더니 나름 괜찮네. 고마워."

"헤헤, 아주 잘 어울려요."

"매일 이렇게 하진 못해. 그래도 한 번씩 해 볼게."

"그런데요, 혹시 내가 들어오기 얼마 전에 들어온 '나'들 봤어요?"

"미안. 난 바깥에 관심이 없어서 진짜 몰라."

정말로 미안한 듯 회색이가 고개를 푹 숙였다. 모처럼 밝아졌던 회색이가 다시 우중충해졌다. 난 일부러 밝게 웃어 보이며 말했다.

"괜찮아요, 다른 곳에 물어보면 되니까. 난 이제 갈게요. 빗이랑 거울은 선물이에요."

"아, 잠깐만! 내가 킬러에게 당하기 직전에 들은 말이 있어. '우울한 척하기는, 바닥까지 내려갈 용기도 없는 주제에. 네가 바닥을 마주한다면 무심이 널 주인으로 인정하겠지' 라고 했어."

"바닥을 마주하면 무심의 주인으로 인정받는다고요? 정말로 킬러가 그렇게 말했어요?"

"응, 그랬다니까. 그 말을 하는데 어찌나 재수 없던지. 지금도 그 표정이 아주 생생하…… 어머, 이제 보니까 너 킬러랑 똑같이 생겼다!"

"어휴, 말도 마세요. 얼마나 놀랐는지! 내가 만난 '나' 중에 왕언니라고 하는 분이 알려 줬는데요, 세상에 킬러가 나한테서……."

난 입을 다물었다. 여기 있는 '나' 들에게 '킬러가 내게서 파생됐어요' 라고 말할 필요가 있을까. 대충 웃음으로 때우고 종이에서 내려가려는데 몸이 뒤로 쏠렸다. 회색이가 등 뒤에서 내 가방 끝을 꼭 잡고 말했다.

"너, 너는 나를 살리는 나야. 킬러가 아니야. 그러니까, 그러니까 내 말은…… 힘내라고. 무수한 나를 위해서 힘을 내 줘."

회색이는 발밑을 보며 개미 발소리보다 더 작은 소리로 중얼거렸다. 아…… 나도 중3 때까지 발표할 때 바닥만 보며 말했는데. 목소리도 떨어서 별명이 염소였다.

고등학교 3년 내내 스피치 동아리에서 연습했지만 여전히 발표할 때면 심장이 쪼그라든다. 코끝이 찡했다. 난 살포시 회색이의 어깨를 안았다.

"나 힘낼게요, 씩씩해질게요."

머뭇머뭇하던 회색이가 내 등을 톡톡 두드려 줬다. 난 다시 어둠 속으로 뛰어들었다.

우심의 끝

아래로, 아래로.

신중하게 힘을 조절하며 헤엄쳐 내려갔다. 내려가면 내려갈수록 떠다니는 종이들은 더 볼품없어졌다. 심하게 구겨진 종이도 있고 찢긴 종이도 있었다. 욕이 잔뜩 쓰인 종이, 선이 박박 그어져 지저분해진 종이도 있었다. '나'가 스티커처럼 붙어 있는 종이도 있었지만 아무도 없는 종이도 많았다.

긴 머리나 회색이처럼 독특한 나를 여럿 만났다.

사람들 앞에선 절대로 뛰지 않는다는 '나'와는 큰 유대감을 느꼈다. 6학년 때였다. 체육 시간에 달리기를 하는데, 흔들리는 내 가슴을 힐끔거리며 수군대던 남자애들이 있었다. 그 뒤로 난 초등학교를 졸업할 때까지 절대 뛰지 않았다. 나는 뛰지 않는 '나'의 종이에 날개 달린 운동화를 그려 주며 언젠가 함께 훨훨 날듯이 뛰어 보자고 했다. 수학에 대한 깊은 상처 때문에 괴로워하는 '나'를 만났을 땐 눈물이 핑 돌았다. 수학에 상처받은 '나'의 종이에는 패랭이꽃을 잔뜩 그렸다. 수학은 아니겠지만 다른 무언가로 활짝 피어날 거라고 말해 주었다.

대부분의 '나'는 아예 나를 쳐다보지도 않았다. 나를 킬러로 착각해서인지, 아니면 사람을 상대하기 싫어서인지 잘 모르겠다. 왕언니, 댄서 형님, 댕기 머리, 백금발이 친화력 좋은 거였다. 다들 무사할까? 지금 여기서 만나면 참 좋을 텐데.

아공간 무심은 킬러가 나를 가둔 공간이면서도 내가 지우고 싶어 했던 '나'를 버린 공간이었다. 반짝이고 박수받는 모습이 아닌 초라하고 창피해서 영구 삭제하고픈 내 모습을 말이다. 그럼 바닥에는 어떤 '나'가 있을까?

몸에 힘을 주면서 다이빙 선수처럼 아래로 헤엄쳤다. 그런데 옆에서 치고 들어온 보라색 종이 귀퉁이에 엉

덩이를 부딪히고 말았다. 나는 위아래도 구별 못 할 정도로 빙글빙글 돌며 날아갔다. 암만 애를 써도 중심을 잡을 수가 없었다. 또 다른 종이에 등짝을 부딪혀 겨우 멈췄다. 뇌와 위장이 뒤바뀐 것처럼 어지럽고 구역질이 났다.

숨을 천천히 길게 내쉬면서 몸에 힘을 빼자 느릿느릿 내려갔다. 떨어지는 종이의 개수가 확연하게 줄어들었다. 안개도 서서히 사라졌다. 짙은 어둠은 점차 혼탁한 회색으로 변했다. 얼마쯤 더 내려가니 새카만 바닥이 눈에 들어왔다. 무심의 끝에 도착했다.

몸을 돌려 다리가 아래로 가게끔 자세를 잡았다. 사뿐히 내려서려고 했지만 어림도 없었다. 검은 바닥은 꼭 트램펄린 같았다. 발이 바닥에 닿는 순간 도로 튕겨 올라갔다가 떨어지기를 열 번도 넘게 반복했다. 간신히 바닥에 앉자마자 엄청나게 토했다. 아까 망원시장에서 먹은 닭강정부터 광화문 편의점에서 사 먹은 삼각김밥까지 죄다 게워 냈다. 내장까지 토하는 줄 알았다. 기운이 쭉 빠져서 그대로 드러누워 버렸다.

퉁, 우웅, 투두둥.

멀리서 둔탁한 소리가 들렸다. 바닥도 미세하게 떨렸다. 무언가가 계속 바닥에 부딪히는 듯했다. 소리가 들리는 쪽을 향해 걸었다. 조금이라도 빨리 걸을라치면 몸이 위로 튕겨 올라갔다. 온몸에 힘을 빼고 어기적어기적 걸어야 했다. 사방이 모두 똑같은 풍경인 데다 표지로 삼을 만한 게 없으니 방향을 잡기 어려웠다. 걷다가 방향을 잃은 것 같으면 멈춰 섰다. 다시 소리가 들리고 떨림이 느껴지면 그쪽으로 걸었다.

한참을 헤매다 가까스로 소리가 나는 곳을 찾았다. 귀퉁이가 우그러진 종이들이 바닥에 부딪히고 있었다. 가까이서 보니 부딪히는 게 아니라 바닥을 두드리는 것 같았다. 꼭 손바닥으로 가슴을 치는 것처럼 보였다. 종이는 모두 아홉 장이었다. 저 종이들에도 다른 '나'가 있을까?

종이가 계속 움직여서 올라타느라 애를 먹었다. 종이에 '나'는 없었다. 대신 흔적이 남아 있었다. 삐뚤빼뚤 알아보기 힘든 글씨……. 기억났다, 이건 내 글씨다! 중3 때 왼손 거울 쓰기로 쓴 일기였다.

어디서부터 틀렸지
다시 시작할 순 없을까

중3 때 쓰긴 했지만 이 마음은 더 어릴 때부터 있었다. 시험을 망쳤을 때, 숙제를 밀렸을 때, 친구랑 싸웠을 때나 싸우진 않았어도 속상했을 때 자주 했던 생각이다. 왜 이 일기가 여기에 있을까? 다른 종이에도 내 일기가 쓰여 있을까? 옆에 있던 종이에 올라가 확인했다.

모르겠어 아무것도 모르겠어
무서워
이렇게 무섭고 싫은데 배가 고프다니
미쳤나 봐

이건 지금 다니는 고등학교에 원서를 넣은 날 썼던 거다. 그때 어떤 마음이었는지는 지금도 생생하다.

내가 중학교에 입학하면서 부모님은 옆 동네에서 편의점을 시작했다. 입지가 좋아서 장사가 잘되는 줄 알았는데, 그게 아니었다. 임대료가 너무 비쌌다. 엄마 아빠 둘이서 영혼을 갈아 넣다시피 열심히 했지만 잘 되지 않았다. 결국 편의점을 정리해야 했고 방이 두 칸인 낡은 다세대 주택으로 이사했다. 낮에도 햇빛이 들지 않아 늘 형광등을 켜야 했다. 옆집에서 변기 물 내리는 소리, 윗집에서 세탁기 돌리는 소리가 다 들렸다. 부모님은 내색하지 않으려 애썼지만 나는 두 사람 사이에 흐르는 팽팽한 긴장감을 고스란히 느꼈다. 지금 졸혼하겠다는 것도 어쩌면 그때 생긴 문제 때문일지 모른다.

중3 때 나는 진학 문제를 혼자 결정했다. 엄마 아빠한테 부담을 주고 싶지 않았고 내 인생을 스스로 개척하고 싶어서 특성화고에 진학하기로 했다. 엄마 아빤 놀란 듯했지만 이내 수긍했다. “네 문제니까 네가 잘 알아보고 결정했겠지. 그래, 알았어. 우리 유민이, 어른 다 됐네.”

그런데 그게 서운했다. 기분이 묘했다. 사실 난 부모님이 말릴 줄 알았다. 그렇게 중요한 걸 왜 너 혼자 결정했냐고, 일찍 취직할 필요 없다고, 우리 집 괜찮다고, 엄마 아빠가 다 알아서 할 거라고 말해 주길 바랐다. 그때부터였다. 난 내 고민을 아무에게도 말하지 않았다. 고민을 말하지 않으니 진짜 속마음도 말하지 않게 되었다.

왜 이러냐 진짜
멍청이
바보
죽어도 되겠다
죽는 게 낫겠다
정말 그럴지도 모르겠다

이 일기도 잘 안다. 너무 잘 안다.

난 고등학교에 적응하질 못했다. 집에서 학교까지는 1시간 30분이 걸렸다. 멀어서 힘들기도 했지만 무엇보다 공부가 너무 어려웠다. 특성화고 수업은 중학교 때까지 했던 공부와 매우 달랐다. 콘텐츠디자인 학과를 선택했는데 수업을 따라갈 수가 없었다. 집 컴퓨터로는 실습 과제를 할 수 없었고 학교 실습실에서 하기엔 시간이 부족했다. 어떻게든 잘하고 싶었는데 그게 잘 안 됐다. 마음 어딘가가 고장 난 것처럼 의욕이 안 생겼다. 그냥 하루 종일 잠만 잤다. 버스에서도 자고 학교에서도 잤다. 아이돌 덕질이라도 해 볼까 했는데 그건 용돈

이 많이 들었다. 게다가 아이돌 음악은 내 취향이 아니었다. 요란하고 흥겨운 댄스 음악이 싫었다. 내 마음엔 흥이란 게 없었다. 기쁨이란 게 없었다.

그러다가 시작한 게 다꾸였다.

수업 시간에 쓰는 내 아이디어 노트에는 아이디어는 없고 끄적거린 낙서만 있었다. 그런데 그 낙서를 본 애들이 귀엽다고 난리였다. 색연필 그림이 너무 예쁘다며 자기 다이어리에 그려 달라는 애들이 많았다. 딱 다꾸 스타일이니까 스티커로 만들어 팔아 보라는 애들도 있었다. 난 그때까지 다꾸라는 말도 몰랐는데 알고 보니 반에 다꾸하는 애들이 절반도 넘었다. 다꾸는 저렴하게 시작할 수 있어서 좋았다. 스티커 욕심이 나서 한동안 열심히 모으기도 했는데 그것보단 내가 직접 그리고 꾸미는 게 훨씬 예뻤다. 애들은 날 다꾸의 제왕이라며 '다꾸제'라고 불렀다. 잠으로 때웠던 시간이 다이어리에 차곡차곡 쌓였다. 다꾸를 하면서 캐릭터 디자인과 팬시 디자인에 흥미가 생겼고 공부하기 시작했다. 난 하루하루 조금씩 변했다. 예전처럼 잘 웃고 잘 떠들게 되었다.

퉁, 투웅. 종이는 쉬지 않고 바닥을 두드렸다. 내 일기가 계속 바닥을 쳤다. 우울했던 내 시간을, 슬펐던 내 마음을 곱게 꾸며 주고 싶어졌다. 난 다꾸제니까. 가방에서 마스킹 테이프와 색연필, 펜을 꺼냈다. 내 트레이드마크 별꽃과 오리를 그렸다. 선인장과 바오밥나무, 돌고래와 해파리, 엄마와 아빠, 민서와 지윤이를 그렸다. 종이가 계속 움직이는 바람에 자꾸 삐뚤빼뚤해졌지만 그래도 멈추지 않았다. 종이 아홉 장에 다 그렸다. 마지막 종이에는 내가 지은 시도 썼다. 조금 오글거리긴 하지만 다이어리 맨 앞장에 쓰는 서시니까 빼놓을 순 없다.

천천히
한 번에 하나씩
지금 하고 있는 것에 집중하자.
작고 예쁜 그림을 그리는 것부터 하나씩 하나씩
나는 멋진 거북이
신유민이다.

서시 옆에 거북이도 한 마리 그려 넣었다. 완성! 손이 얼얼하고 새끼손가락에 쥐가 났다. 잔뜩 늘어놨던 색연필과 다꾸 도구들을 옆으로 밀어 놓고 큰대자로 누웠다.

기분 괜찮다. 종이가 안 움직이니까 조용하고 편안……
엇, 언제부터 종이가 안 움직였지? 벌떡 일어났다.

종이 아홉 장이 전부 바닥에 딱 붙어 있었다. 퉁, 투웅 하는 소리도 안 났다. 대신 찌지직, 찌직 하고 천 같은 게 찢어지는 소리가 들렸다. 바닥이 찢어지고 있다! 바닥은 엄청난 소리를 내며 조각조각 찢어졌다. 찢긴 틈 사이로 빛이 쏟아지면서 거센 바람이 불어닥쳤다. 난 종이 귀퉁이를 잡고 버티려고 했지만 어림없었다. 세차게 부는 회오리바람에 휘말려 새하얀 빛 속으로 빨려 들어갔다.

한강대전

빰이 따끔거린다. 목덜미가 뻐근하고 뭔가에 두들겨 맞은 것처럼 구석구석 안 아픈 곳이 없다. 눈을 뜨는 것도 너무 힘들어 한참 걸렸다. 여긴…… 잔디밭?

망원한강공원이다!

다리가 천근만근 무거운 데다 전혀 힘이 들어가질 않았다. 그나마 돼지 등뼈를 입고 있어서 움직여지는 것 같다. 옆에 가방과 색연필 몇 자루가 떨어져 있었다. 망원한강공원은 여전히 모든 게 멈춘 상태였다. 하늘 위에 떠 있는 검은 공도 그대로였다. 왕언니와 댄서 형님, 댕기 머리와 백금발도 돌아오지 않은 것 같았다. 나만 무심에서 빠져나왔을 뿐 변한 게 없었다. 킬러가 살아 있기 때문일까? 킬러의 칼을 부숴야 하는 걸까? 휴우,

직접 물어볼 수도 없고. 최소한 여기 망원동 일대는 왕언니가 우주수를 치워야 제대로 돌아갈 것 같다. 어쩌지, 일단…… 라면이라도 먹자!

편의점을 보니까 허기가 밀려들었다. 아까 무심 바닥에 떨어졌을 때 죄다 토하고 난 뒤 여태껏 물 한 모금 못 마셨다. 배가 너무 고파서 속이 쓰리다. 사람들은 긴장하거나 스트레스를 받으면 뭘 먹을 생각이 안 든다는데 난 평생 그런 적이 없다. 왜 배가 안 고프고 소화가 안 된다는지 모르겠다. 밥심으로 스트레스를 풀면 빠르고 좋은데 말이다.

편의점에 들어오긴 했는데, 난감했다. 갖고 있던 현금은 아까 닭강정 집에서 다 썼고 용돈 카드는 떡집에 두고 왔으니 빈털털이 신세였다. 가방을 뒤지니 1800원이 나왔다. 이거면 컵라면은 사 먹을 수 있다! 나는 제일 큰 컵라면을 꺼내 뜨거운 물을 부었다. 어쩜 이렇게 맛있는 냄새가 날까. 냄새가 잔인할 수도 있다는 걸 처음 알았다. 못 참겠다, 설익은 면을 휘휘 저어서 푼 다음 한 젓가락 입에 넣었다. 크흐, 살 것 같다!

“맛있니?”

콜록, 콜록, 콜록! 라면을 몽땅 뿜어 버렸다.

"무심에 구멍이 났더라. 이런 일은 처음이라 당황했어."

지금 이 순간 가장 듣고 싶지 않은 목소리였다. 킬러는 내 앞으로 걸어와선 칼을 뽑아 들었다. 그런데 칼 상태가 아까보다 더 이상해졌다. 처음 봤을 땐 검은 불꽃처럼 이글거리는 커다란 조선환도였는데 이젠 젓가락처럼 가늘고 연기처럼 흐릿했다. 내가 무심에 들어갔다 나온 게 헛고생은 아니었나 보다. 나는 킬러에게 넌지시 물었다.

"그거 고장 난 거 같은데?"

"써 보면 알겠지."

킬러가 다짜고짜 칼을 휘둘렀다. 서걱, 내 왼쪽에 있던 냉장고 절반이 사라졌다! 냉장고만이 아니라 벽까지 통째로 사라져 휑하니 바깥이 보였다. 너무 놀라 심장이 입으로 튀어나오는 줄 알았다. 킬러는 샐쭉해선 칼과 나를 번갈아 봤다.

"이상하네. 너를 조준했는데 왜 냉장고가 썰리냐고. 이건 순전히 너 때문이다. 책임져."

"야, 아까부터 이상했거든! 망원시장에서 온갖 것들을 집어넣을 때부터 이상했어."

"조준이 어려워. 아공간이 꽉 찼나? 그럴 리가 없지. 지구 하나를 통째로 넣어도 남을 만큼 넉넉하게 만들었는데."

"풉! 너 공상 허언증 있냐, 지구 하나는 무슨! 합정역부터 마포구청역까지 정도였다고. 안에 안개랑 종이랑 꽉 찼……?"

킬러와 난 동시에 서로를 봤다. 우린 이게 무슨 상황인지 바로 알아차렸다. 내가 먼저 말했다.

"진짜 한계구나, 아공간 무심."

"젠장, 네가 바닥을 찢어 놔서 망했다고!"

킬러의 눈이 광기로 번들거렸다. 똑같은 내 얼굴인데 어떻게 저런 표정이 될까. 킬러는 진심으로 나를 싫어한다. 나뿐 아니라 모든 '나'를 싫어한다. 무심에서 만났던 모든 '나'들도 그랬다. 자기 자신을 부끄러워하고 못마땅해하고 미워했다.

"있잖아, 킬러 네가 파생되지 않았다면 내가 너처럼 됐을까?"

"뭐?"

"나도 '나'를 없애고 싶을 만큼 미워했을까 싶어서."

"푸핫! 야, 내가 너잖아. 네가 나고. 공부 못하고 못생기고 발표 못하고 엄마 아빠한테 폐 끼치고 애들한테 인기 없는 자신을 미워한 건 너였어. 그런 네가 없어지길 바랐던 게 너였다고. 안 그랬으면 내가 어떻게 파생됐겠어?"

"맞아, 그랬어. 난 내가 너무 못났다고 생각했거든. 사실 지금도 불쑥불쑥 그런 생각이 나곤 해. 그래서 있잖아, 넌 나를 어쩌고 싶어?"

"일단 무심에 넣어야지. 신경 좀 써서 안 찢긴 곳으로 잘 밀어 넣으려고. 이번엔 탈출해도 소용없게 우주수 가지 틈새에다 버릴 생각이야."

킬러가 다시 칼을 들어 나를 겨눴다. 난 재빨리 편의점 밖으로 뛰어나갔다. 그리고 있는 힘껏 홍제천교를 달렸다.

킬러는 마구잡이로 칼을 휘둘렀다. 땅이 움푹 파이고 수영장이 사라졌다. 칼날이 나무젓가락만 해졌어도 위력은 여전했다. 그래도 칼날이 벌어지고 닫히는 속도는 약간 느려진 게 보였다. 일렁거림도 불안정했고 칼 주위 허공도 울룩불룩, 풍선처럼 부풀어 올라 당장이라도 터질 것 같았다. 한계를 넘어선 게 분명했다. 그래, 이제는 도망치지 말자. 승부를 낼 때가 된 거다. 칼은 어떻게든 빼앗을 수 있을 것 같다. 빼앗은 칼로 킬러를 베면 무심이 깨질까? 모르긴 몰라도 킬러가 무심에서 빠져나오려고 사방을 다 때려 부술 거다. 무심에 거대한 무언가를 집어넣으면 어떨까, 감당할 수 없을 정도로 많은 것을 쏟아 넣는다면? 내가 찢어 놓은 바닥이 더 크게 벌어지면서 결국 터지겠지. 그럼 안에 있던 게 다 쏟아져 나올 거다. 갇혀 있는 '나'들도 탈출할 수 있을 거야!

나는 상암나루 앞까지 뛰어가 킬러를 기다렸다. 킬러는 땀을 뻘뻘 흘리며 기다시피 걸어왔다. 재 체력은 이미 바닥이다, 내가 안다. 내가 얼마나 저질 체력인데. 난 작정하고 약을 올렸다.

"너 말이야, 무심에 안 들어가 봤다고 했잖아. 무서워서 그랬지? 그 안에 가둔 '나'들도 무섭고, 끝없이 바닥을 치는 소리도 무서워서 못 들어간 거지?"

킬러는 헉헉거리며 눈만 부라렸다. 너무 숨이 차서 대

꾸도 못 하는 것 같았다. 킬러가 입을 열려는 순간, 나는 있는 힘을 다해 달렸다.

"난 말이야, 끝을 본 사람이야!"

나는 쏘아진 포탄처럼 킬러를 덮쳤다. 피할 겨를이 없던 킬러는 나랑 같이 나동그라져 데굴데굴 굴렀다. 돼지 등뼈가 물건은 물건이었다. 나는 벌떡 일어섰는데 킬러는 쓰러진 채 끙끙 신음하며 꿈틀거렸다. 난 재빨리 킬러 위에 올라탔다. 액션 영화에서 본 것처럼 흠씬 두들겨 패려고 했는데, 어…… 어떻게 사람을 때리지? 나랑 똑같은 얼굴을 때리려고 하니까 기분이 더 이상했다. 그때, 퍼억!

"아얏!"

눈앞에 불이 번쩍거렸다. 킬러가 주먹으로 내 왼쪽 얼굴을 후려친 거다. 아우, 광대뼈가 아예 없어진 것 같다. 킬러가 기세 좋게 날 치긴 했지만 내가 킬러의 가슴을 꽉 누르고 앉았기 때문에 빠져나가진 못했다. 그래, 내가 너보다 몸무게는 더 나가지. 난 킬러의 허리춤에 달린 칼부터 빼앗았다. 킬러는 온갖 욕을 하며 몸부림쳤다. 마구잡이로 휘두르는 주먹에 여기저기를 얻어맞아

정신을 차릴 수가 없었다. 킬러와 드잡이를 하는 와중에 들고 있던 칼이 없어졌다. 칼, 칼이 어디 갔지? 킬러는 날 밀어내려고 안간힘을 쓰면서 힐끔힐끔 왼쪽을 봤다. 거기구나! 정말로 왼쪽으로 다섯 발짝 정도 떨어진 곳에 칼이 있었다. 난 킬러의 양 발목을 꽉 잡고 일어나 칼과 반대 방향으로 킬러를 질질 끌고 갔다. 킬러는 발버둥을 치며 고래고래 소리쳤다.

"놔, 놓으라고! 너 진짜 가만 안 둘 거야!"

"됐고요, 먼저 줍는 사람이 임자!"

난 킬러 다리를 내려놓고 냅다 뛰었다. 지칠 대로 지친 킬러가 돼지 등뼈를 입은 나보다 빠를 순 없었다. 난 여유롭게 칼을 잡았다!

내가 칼을 들자 킬러가 주춤거리며 뒷걸음질 쳤다. 난 킬러처럼 칼자루를 양손으로 꽉 쥐어 잡았다. 이제…… 어쩌지? 이런 걸 어떻게 사람한테 휘두른담! 칼자루만 잡았을 뿐인데 손이 덜덜 떨렸다. 내가 겁먹은 걸 눈치챘는지 킬러가 실실 웃으며 다가왔다.

"그거 위험한 거야. 이리 내."

이번엔 내가 뒷걸음질 쳤다. 다리까지 후들후들 떨

렸다.

"으잇, 으아악! 정신 차려, 신유민!"

난 발을 쾅쾅 구르며 소리소리 질렀다. 킬러도 움찔 놀랐다. 그래, 정신 차려, 신유민! 왕언니, 댕기 머리, 댄서 형님, 백금발, 긴 머리, 회색이를 생각해! 집에 가야지, 다들 자기 세상에서 재미나게 살아야지! 난 킬러에게 외쳤다.

"넌 내가 파생시켰으니까 내가 책임지는 게 맞는 것 같아. 미안했고, 다신 만나지 말자."

멋있게 말하려고 했는데 목소리가 덜덜덜 떨렸다. 킬러가 아연실색한 얼굴로 날 바라봤다. 난 힘껏 칼을 휘둘렀다.

"잘 가."

분명히 제대로 휘둘렀다. 그런데 왜 킬러가 그대로 있지?

킬러가 키득키득 웃기 시작했다. 아예 배를 움켜쥐고 눈물까지 찔끔 흘렸다.

"그게 아무나 휘두른다고 되는 줄 알아? 무심의 주인은 나라고. 아무리 내가 너한테서 파생됐다고 해도 네가 무심의 주인은 아니지."

"이, 이러면 안 되는데? 아니 이게 이러면 이제 어떡하지?"

난 이리저리 무심을 휘둘러 봤다. 붕, 부웅! 손잡이를 잡고 암만 휘둘러도 킬러가 휘두를 때처럼 키이잉 소리가 나거나 칼이 일렁거리지 않았다. 그때 턱, 킬러가 내 손을 움켜쥐었다.

"내놔, 좋게 말할 때!"

"네가 놔, 괜히 힘쓰지 말고!"

킬러와 나는 서로 칼자루를 붙잡고 안간힘을 썼다. 킬러의 손이 닿자 미동도 없던 칼이 일렁거리기 시작했다. 킬러가 움직이는 대로 칼날이 갈라지며 슬쩍슬쩍 아공간 안쪽이 보였다. 잘려 나간 건물, 흙더미, 나무, 콘크리트 조각 같은 것들이 무질서하게 들어차 있었다. 아까 내가 나올 때와는 또 달랐다. 뭔가 큰 걸 넣으면 아공간이 안쪽부터 찢어져 터질 것 같았다.

"그래, 그렇게 해 보면 되겠구나!"

난 오른팔로 킬러를 부둥켜안고 왼팔을 쭉 뻗어 무심을 휘둘렀다. 그리고 그대로 한강으로 뛰어내렸다.

"아아안도애애애애!"

킬러가 새된 소리를 지르며 버텼지만 이미 늦었다. 힘은 내가 더 세니까!

칼날이 쩌억 벌어지며 한강 물을 뚝 끊어 빨아들였다. 가양대교부터 월드컵대교, 성산대교를 지나 양화대교 너머까지 한강 물이 순식간에 완전히 사라졌다.

질척한 강바닥에는 크고 작은 돌과 온갖 쓰레기가 굴러다니고 있었다. 난 가볍게 강바닥에 착지했지만 킬러는 뎅굴뎅굴 굴러 진창에 나동그라졌다. 세게 부딪혔는지 아예 일어서질 못했다.

"안 돼, 지금 이러면 안 된단 말이야!"

킬러가 주먹으로 강바닥을 치며 울부짖었다. 난 손에 쥔 칼을 내려다봤다. 칼은 헝클어진 검은 실타래처럼 변했다. 그래도 여전히 무언가를 집어삼키고 싶은 듯 울뚝불뚝했다. 토하기 전처럼 웩웩거리는 것 같더니 곧 힘을 잃은 듯 축 늘어져 진득한 액체처럼 주르륵 강바닥으로 흘러 떨어졌다. 그리고 바닥에 닿자 검은 거미줄 모양이 되어 확 퍼져 나갔다. 검은 거미줄은 강바닥과 허공과 뒤엉키며 풍선처럼 부풀었다. 파직, 파지직. 뒤틀린 허공에서 물이 줄줄 새어 나왔다.

"야, 일어나! 아, 얼른!"

킬러는 멀거니 넋을 놓고 앉아 물 새는 허공을 보고 있었다. 난 킬러를 일으켜 세워 허리춤에 달린 칼집 끈을 풀었다. 한 뼘도 안 남은 칼이 칼집에 부드럽게 들어갔다. 이걸 강바닥에 버려, 말어? 버리는 건 나중에도 할 수 있으니 일단 들고 가자. 여전히 멍하니 서 있는 킬러를 어깨에 짊어지고 강둑을 뛰어올랐다. 진창이라 몹시 미끄러운 데다 몸부림을 치는 킬러 때문에 몇 번을 넘어졌다. 킬러도 나도 진흙 범벅이 되어 겨우 강둑 위로 올라갔다.

콰르르릉, 촤아아아아!

뒤틀린 허공은 길게 찢어지며 빛과 물을 토해 냈다. 강물이 쏟아지는 굉음 때문에 귀가 먹먹했다. 사라질 땐 소리 없이 뚝 잘려 사라지더니 다시 나타날 땐 해일처럼 어마어마하게 쏟아져 나왔다. 순식간에 시퍼런 물이 차오르며 출렁거렸다. 장관이다.

"아…… 내 칼, 칼! 칼 찾아야 해!"

"정신 차려라. 지금 저 물에 휩쓸리면 시체도 못 찾아."

정신이 든 킬러는 다시 한강으로 뛰어들려고 했다. 간신히 잡아 앉혔더니 이젠 공원 흙바닥을 뒤졌다. 상태가 점점 더 이상해지는 것 같다. 어쨌든 무심이 파괴되었으니 다른 '나'들도 풀려나겠지? 바람이 부니까 이제 좀 살 것 같다. 여린 바람이 앞머리를 스치고 갔다. 잠깐, 바람이 분다고?

허옇게 메마른 강아지풀이 흔들거렸다. 휘몰아치던 한강 물이 천천히 서쪽으로 흘렀다. 고정되었던 시공이 움직이기 시작한 거다! 한강 하늘을 가렸던 거대한 검은 공이 살짝 움직이는가 싶더니 반가운 목소리가 들렸다.

"유민아, 수고했다. 이제부터는 내가 할게."

왕언니, 왕언니다!

이런 종류의 안녕

왕언니는 제대로 인사 나눌 겨를도 없이 바삐 움직였다. 배낭에서 대형 태블릿처럼 생긴 장비를 꺼내 사람만 한 홀로그램 창을 띄워 엄청난 속도로 조작했다.

그 사이 댄서 형님과 댕기 머리가 돌아왔다. 백금발은 열댓 명의 '나' 들과 함께 왔다. 킬러에게 당했지만 자기 지구로 돌아가지 못한 '나' 들인 듯했다. 그중에 긴 머리와 회색이도 있었다. 킬러는 옹기종기 모인 '나' 들을 보더니 눈에 불을 켜고 악을 질렀다.

"그동안 내가 어떻게 치워 놨는데! 너, 너 때문에!"

킬러가 날 물어뜯을 것처럼 달려들었다. 하지만 꽈다당, 요란한 소리를 내며 뒤로 자빠졌다. 댄서 형님이 킬러 오른팔을 뒤로 비틀어서 잡은 거다. 킬러는 아프다고 소리치면서도 쉬지 않고 내게 욕을 퍼부었다. 얼마나 소리를 질러댔는지 목이 다 쉬었다.

"손을 비틀지 말고 입을 비틀어. 그래야 조용하지."

백금발이 귀를 후비적거리며 말했다.

"쯧쯧, 어찌 입까지 저리 험할꼬! 흉악하기 짝이 없으니 분명 8대 지옥을 전부 순례하게 될 게다."

댕기 머리는 고개를 절레절레 흔들며 말했다. 반갑고 미안했고 걱정했던 마음이 뒤범벅되면서 울컥 뜨거운 게 올라왔다. 큼큼, 나는 목소리를 가다듬고 말했다.

"다들 무사해서 다행이에요."

"내 널 처음 봤을 때 한눈에 알아봤느니, 모든 걸 바로잡을 용자일 줄 알았다."

댕기 머리가 헛기침을 하고는 다가와서 나를 와락 끌어안았다. 댕기 머리는 망원시장에서 나를 위해 몸을 던졌다. 너야말로 용자라고 말하려고 했는데 목구멍이 콱 막혀서 그냥 같이 끌어안았다.

"청소년, 수고했다. 멋졌어, 너."

백금발이 어깨를 툭 치며 말했다. 날 먼저 보내려고 야구 방망이를 휘두르며 킬러와 맞서던 백금발의 뒷모습이 떠올랐다. 언니야말로 멋졌다고 말하고 싶었는데 코끝이 찡해져서 이번에도 꽉 끌어안았다.

"유민아, 고마워!"

킬러를 붙잡고 있던 댄서 형님은 환히 웃으며 손을 흔들었다. 난 양손을 번쩍 들고 흔들며 인사했다. 눈물을 참느라 형님처럼 멋지게 웃진 못했다. 긴 머리와 회색이도 다가와 포옹했다. 다른 '나' 들도 나에게 다가와 애썼다고 말을 보탰다. 지우고 싶고 외면하고 싶던 내 모습을 한 '나' 들이 나에게 고맙다고 인사했다. 딱 한 사람, 킬러만 빼고 말이다. 방금 전까지만 해도 발악을 하더니 이젠 기운이 빠졌는지 미동도 없었다.

"댄서 형님, 저 킬러랑 잠깐 얘기 좀 할게요."

"괜찮겠어? 위험할 거 같은데."

"내가 이렇게나 많은데요 뭐. 괜찮아요."

댄서 형님은 머뭇거리다 킬러의 팔을 놨다. 킬러는 팔이 많이 아팠는지 오만상을 찌푸리며 어깨와 팔을 주물렀다. 난 조심스럽게 킬러에게 다가갔다.

"야, 괜찮아? ……우왁!"

킬러는 순식간에 날 넘어뜨리고 올라타 내 목을 졸랐

다. 그런데 힘이 너무 약한데? 조르는 게 아니라 스카프로 보드랍게 감싼 느낌이었다. 킬러가 화들짝 놀라며 일어섰다. 킬러의 몸이 깜빡깜빡, 흐릿하게 투명해졌다가 선명해지기를 반복했다.

"별일 아니다. 자기가 타고 온 우주수와 같이 송환되는 중이야."

왕언니가 킬러에게 다가오며 말했다.

"네가 가져온 우주수 이형 가지를 네 지구로 보냈다. 네 지구에서도 널 쫓느라 고생깨나 했더구나. 우주수를, 그것도 귀한 이형 가지를 불법으로 탈취해서 천스물네 개의 우주를 교란시켰으니 죗값을 치르기가 쉽진 않을 거다."

"아, 안 돼. 이렇게 끝나다니……."

킬러는 망연자실 바닥에 주저앉아 버렸다. 그렇게 기세등등하게 굴더니 완전히 넋이 나갔다. 저렇게 풀 죽은 내 얼굴을 보는 게 썩 유쾌하진 않았다.

"재는 이제 어떻게 되나요?"

"살아생전에 죗값을 다 치르진 못할 게다. 적어도 1024년 동안 죽지 않게 관리받으면서 우주수 노역을

하겠지. 노역 기간이 끝나면 신체를 제공해야 할 거고. 미성년자니까 그 정도에서 끝나지 않을까 싶다."

"뭐라고요? 죽지도 못하게 부려 먹다가 죽으면 몸도 연구 재료로 쓴다고요?"

난 뜨악해서 왕언니를 쳐다봤다. 상상을 초월하는 끔찍한 일을 무슨 제품 설명서 읽듯이 무미건조하게 말하다니. 그만큼 킬러의 죄가 크다는 거지만 그래도 이건 아니지 않나!

"생각이 바뀌었어요. 저 애 이렇게 못 보내요."

"청소년, 이미 킬러는 너와 완전히 다른 세계에서 사는 분리된 개체야. 너와 분리되기 이전으로 돌아갈 방법은 없어. 그리고 죄를 지었으면 대가를 치르는 게 맞잖니?"

왕언니는 냉정하게 말했다. 하지만 난 그럴 수 없다. 어쨌든 쟤도 나잖아.

"따지고 보면 나한테서 시작된 일이잖아요. 나와 무관하지 않아요."

"그래서 뭐, 너도 벌 받게?"

킬러는 허세 부리듯 큰 소리를 내며 웃었다. 왕언니,

백금발, 댕기 머리, 댄서 형님 모두 언짢은 기색이 역력했다. 난 킬러를 마주 보고 앉았다.

"궁금한 게 있어. 아공간 무심 말이야, 너랑 나만 볼 수 있지?"

"당연한 거 아냐? 그게 얼마나 섬세하고 복잡한 수식인데. 저들만이 아니라 아무도 감지 못해. 내가 너 따위한테 당하려고 만든 건 줄 알아?"

"킬러야, 같이 쓰자."

"뭘!"

"음…… 희망찬 미래?"

킬러가 이를 악물고 벌떡 일어섰다. 악에 받쳐 희번덕대는 눈동자에 투지가 활활 타올랐다.

"잠깐, 잠깐. 들어 봐, 다이어리 쓰는 게 그런 거잖아? 어제가 된 오늘을 기록하면서 내일을 기대하는 일. 그걸 같이하자고, 내일의 나 기대하기."

난 킬러 귀에 대고 속삭였다.

"네 우주로 돌아가면 바로 체포라며. 순순히 잡혀갈 거야?"

난 뒷주머니에 넣어 뒀던 칼을 꺼내 보여 줬다. 킬러

의 눈동자가 흔들렸다.

"머리카락 안 보이게 꼭꼭 잘 숨어라."

난 칼을 뽑아 킬러에게 쥐여 주었다. 젖은 머리카락처럼 늘어져 있던 칼이 희미하게 일렁거렸다. 나는 그때를 놓치지 않고 양손으로 킬러의 손을 잡아 칼을 휘둘렀다. 킬러의 심장을 향해, 키이잉! 킬러가 쓴웃음을 지으며 말했다.

"이거 네가 하자고 한 거다."

일렁이던 칼날이 쩍 벌어지며 킬러를 집어삼켰다. 킬러는 흔적도 없이 사라졌다. 왕언니를 비롯해 다들 어안이 벙벙한 얼굴로 날 바라봤다. 난 칼을 칼집에 십어넣었다. 그리고 전속력으로 도움닫기를 해서 한강에 던졌다. 칼 말고 나뭇가지를! 급하게 주운 나뭇가지는 아름다운 호를 그리며 날아가 퐁당, 한강에 빠졌다.

"어어, 청소년! 위험하게 왜 그래?"

"아이고 이 사람아! 자네가 나서지 않아도 될 일을 어째서?"

댄서 형님과 댕기 머리가 달려와 내 몸부터 살폈다.

"킬러는 자신이 파생된 우주에서 소멸했어요. 이게 인

과응보죠. 아닌가, 결자해지인가?"

왕언니는 못마땅한 듯했지만 이내 미소 지으며 말했다.

"그래, 유민이 네 말도 일리가 있다. 킬러가 아공간을 탈출한다 해도 한강 밑바닥이니 소멸한 거나 다름없지."

왕언니가 인정하자 다른 '나'들도 수긍했다. 나는 쑥스럽다는 듯 뒤통수를 긁적이며 발을 비비적거렸다. 다른 '나'들의 눈엔 칼이 안 보여서 다행이다. 나는 무심을 배낭에 넣었다.

쿠르르릉, 우주수 뿌리가 땅에 닿을 것처럼 쑥 내려왔다. 왕언니가 악수를 청하며 말했다.

"우린 이만 떠날게. 망원동 일대가 한동안 기괴하게 움직일 거야. 비어 버린 세 시간이 메꿔지는 과정이니까 너무 놀라지 말거라."

"걱정 마세요, 왕언니. 그런데 저기 다른 신유민들은 어떡해요?"

"다중 우주의 연결이 원활치 않아서 못 돌아간 것뿐이야. 내가 수동으로 한 명씩 데려다주면 된다. 염려 말고 잘 지내고 있으렴. 일이 정리되고 나면 내가 특별히 다중 우주 투어 시켜 주러 오마."

"그래, 그래. 우리 함께 모든 우주를 누벼 보자고! 청소년, 내가 사는 C201 지구부터 와야 해. 내 공연 VIP 티켓 줄 테니까. 알았지?"

"나는 왕언니네 지구에서 지낼 생각이네. 우주수 운용을 배워서 내 친히 청소년 자네를 데리러 오지."

"청소년, 우리 Z011 지구에 오면 뷰티봇 무스 제대로 체험시켜 줄게."

왕언니, 백금발, 댕기 머리, 댄서 형님 말고도 긴 머리와 회색이를 포함해 열네 명의 나와 작별 인사를 나눴다. 모든 '나'들이 서서히 투명해지더니 완전히 사라졌다. 하늘을 채우고 있던 우주수도 더 이상 보이지 않았다.

뭔가 아쉽고 서운하지만 한편으로는 뿌듯하고 든든하다. 나도 이제 집에 가야지. 그런데 맙소사, 돼지 등뼈! 이걸 안 돌려줬네.

다꾸의 날

퇴근 전에 선배들이 생일 축하한다며 꽃바구니랑 향수를 선물해 줬다. 생각도 못 한 이벤트라 깜짝 놀랐다. 무뚝뚝한 신의 손 강은지 선배, 이 세상 모든 아이돌의 덕후 박지영 선배, 냉혹한 프로 정신의 이지은 선배, 최고로 스마트한 한채희 아트 디렉터님, 외근과 출장과 회의와 야근의 장인 이지아 대표님. 내가 그래픽 디자인 스튜디오 '홀릭'에서 첫 사회생활을 시작하게 된 건 행운이었다.

12월 3일부터 출근했으니까 입사한 지 벌써 7개월이 됐다. 시간이 참 빠르다! 면접 보러 왔을 땐 차라리 떨어졌으면 하고 바랄 정도로 긴장됐는데, 흐. 수습 기간 3개월은 내내 눈치 보느라 힘들었다. 누가 눈치를 준

것도 아닌데 그냥 눈치가 보였다. 실수할까 봐 늘 마음이 조마조마했다. 그건 지금도 그렇지만.

그래도 난 우리 스튜디오가 좋다. 그래픽 디자인은 참 멋진 일이다. 업무가 광범위한 만큼 내가 잘할 수 있는 게 분명 있을 거다. 여기서 일 제대로 배워야지. 그리고 공부도 더 많이 해야지. 그래서 대표님처럼 나도 내 디자인 스튜디오를 차릴 거다!

'풉, 디자인 감각이 공부해서 생기냐? 오늘 다꾸 페스티벌 웹 포스터 시안 다섯 개 몽땅 까인 거 기억 안 나? 골수까지 쥐어짜서 만들었다며, 그중 하나는 될 거라며. 그냥 때려치워. 포기하면 편하다니까. 네 주제에 무슨 디자이너냐? 공부는 하던 애들이나 하는 거야.'

하아…… 이젠 킬러가 초 치는 소리에도 적응했다. 쟤는 참 한결같다. 지조가 있어.

킬러의 자리는 책장 다이어리 칸 옆이다. 칼은 옻칠한 한지함에 넣어 보관하고 있다. 무심에 들어간 뒤로 킬러는 한 번도 모습을 드러내지 않았다. 대신 정신 교감이라고 해야 하나, 우리는 우리만의 방식으로 대화하게 되었다. 킬러는 주로 나한테 시비를 걸거나 약 올리고 싶을 때 말을 건다. 그런데 웃긴 건 내가 속상한 일을 겪으면 킬러가 더 열을 낸다는 거다. 자기한텐 이겨 놓고 바깥에선 맞고 다니냐며 펄펄 날뛴다.

덕을 본 일도 꽤 있다. 킬러의 잔소리에 떠밀려 진호 새 여친의 SNS 계정에 메시지를 보냈었다. 나와 진호 사이에서 있었던 일을 과장 없이 말한 다음, 진호가 신뢰하며 애정을 주고받을 만한 사람인지 생각해 보면 좋겠다고 했다. 여친은 알려 줘서 고맙다며 답장을 보냈고, 며칠 뒤 진호와 헤어졌다. 솔직히 깨소금 맛이었다. 회사에서 답답한 일이 있을 때도 킬러한테 말하면 속이 확 풀린다. 킬러가 나 대신 화내 주는 것 같아서 말이다. 킬러를 자기 지구로 안 돌려보내길 잘했다. 그러고 보니 벌써 일 년이 지났다. 왕언니 가고 나서 정말 가관이었는데.

우주수가 고정해 놓은 시간이 원래대로 돌아오는 모습은 황망함 그 자체였다. 갈 곳을 잃었던 한강 상류의 물부터 문제였다. 강물은 망원한강공원을 중심으로 엄청난 속도로 쏟아져 내려오다 멈추기를 반복했다. 한강 부근의 기물들은 노이즈가 낀 것처럼 깜빡이고 휘청거리며 난리도 아니었다. 산책하던 사람들은 몇 배속으로 재생한 것처럼 제자리걸음을 걸으며 깜빡거렸다. 자전거를 타던 사람은 아무리 페달을 밟아도 투명 상자에 갇힌 것처럼 나아가질 못했다. 천재지변이 따로 없었다.

망원시장도 마찬가지였다. 사람이며 물건이며 전부 노이즈가 낀 것처럼 지지직거리며 흐물흐물하게 보였다. 다행히 킬러가 썰어 버린 버린 떡집과 닭강정 가게, 다른 모든 건물은 무사히 돌아왔다.

진짜 문제는 우리 집이었다.

현관문에는 킬러가 뚫어 버린 구멍이 고스란히 남아 있었고, '나'들이 쓸어 간 생필품은 돌아오지 않았으며, 내 방은 백금발과 킬러가 싸우느라 난장판이 된 그대로였다. 치울 엄두가 나지 않아 한동안 멀거니 서 있었다. 그때 민서와 지윤이가 찾아왔다. 내 깜짝 생일파티를 열어 주려고 그때까지 연락 한 통 없었던 거였다. 난리 통이 된 우리 집을 본 민서와 지윤이가 곧장 경찰에 신고했다. 집에 도둑 들었다고. 서울로 올라오던 엄마랑 아빠는 버스 안에서 경찰의 전화를 받고 대성통곡을 했다고 한다. 두 사람은 나에게 진심으로 미안해했다. 졸혼은 좀 더 미뤄졌고, 지금까지 별일 없이 지낸다. '나' 들도 잘 지내고 있겠지? 다들 오늘이 생일인데.

왕언니는 돼지 등뼈가 나한테 있다는 거 기억하고 있을까. 백금발 언니는 그 성질머리로 인턴은 잘 마쳤을까. 댕기 머리는 우주수 공부 잘하고 있으려나. 댄서 형님은 공연 다니느라 바쁘겠지.

아까부터 내리던 비는 그새 그쳤다. 밤새 쏟아진다더니, 오다 마……는 게 아니었다! 빗방울이 공중에 멈춰 있다. 그리고 하늘에 떡하니 떠 있는 검은 공……? 야호!

작가의 말

-미션 클리어: 오늘 하루치의 낭만을 획득하셨습니다.

I LOVE MYSELF

혹시 90년대 가요를 들으시나요?

1991년에 발매된 고 신해철 님의 정규 2집 <Myself>에 '나에게 쓰는 편지' 라는 노래가 있습니다. 지금도 제 플레이리스트에 있는 노래인데요, 가사 중에 이런 대목이 있습니다.

난 잃어버린 나를 만나고 싶어
내 마음 깊이 초라한 모습으로
힘없이 서 있는 나를 안아 주고 싶어

이 노래를 처음 들었을 때 저는 중학교 3학년이었습

니다. 저한테 중3이란 그런 거였어요, 건너 건너 들은 정보에 의지해 내 미래를 그려 보고 스스로 중차대한 결정을 내려야 하는 때. 아주 골치가 아팠지요. 그럴 때마다 '나에게 쓰는 편지'를 들었습니다. 한 번 듣고, 열 번 듣고, 백 번을 듣다가 문득 궁금해졌어요. 나는 왜 이 노래가 좋을까?

저는 제가 썩 마음에 들지 않았습니다. 솔직히 마음에 드는 구석이 하나도 없었습니다. 못난이였거든요. 못생기고, 뚱뚱하고, 목소리도 이상하고, 공부도 못하고, 말주변도 없고, 재미도 없고, 인기도 없는 초라한 아이.

그런데 사실 미운 만큼 제가 안쓰러웠습니다. 못난이라는 말 대신에 다른 말을 듣고 싶었어요. 너 못난이 아니라고, 괜찮다고, 지금부터 다시 하면 된다고, 하나씩 해 보자고, 결국엔 행복하게 잘 살 거라는 말을요. 그래서 깊은 곳에 서 있는 초라한 나를 안아 주고 싶다는 그 노래를 듣고 또 들었던 것 같습니다.

그 무렵에 저는 일기를 쓰고 시를 쓰면서 내 생각과 느낌을 만났습니다. 그 방법으로 나를 알아 갔던 거죠. 내가 살고 싶은 삶에 대해서 곰곰이 생각하기 시작했습니다. 언젠가는 내 이야기를 만들고 싶다, 창작자로 살고 싶다는 꿈을 갖게 되었습니다. 그렇게 예술가를 동경하고 낭만을 지향하게 되었습니다.

저에게 낭만이란 '무의미하고 무가치하게 보이는 사물이나 사건에 의미와 가치를 발견하거나 부여하며 기쁨을 누리는 일' 입니다. 제겐 버스 정류장 벤치 밑에 보일 듯 말 듯 핀 냉이꽃을 보고 카메라에 담으며 생명의 경이로움을 음미하는 일이 낭만입니다. 늦은 밤 가로등 불빛이 비치는 느티나무 잎에서 다양한 초록빛을 발견하고 경탄하는 일이 낭만입니다. 이것은 매우 적극적이고 능동적인 고도의 지적 활동이라고 생각합니다. 의지가 필요한 일이기도 하고요. 보통의 일상은 낭만투성이입니다. 그렇게 작은 낭만을 챙기며 나를 행복하게 해주는 삶을 살고 싶습니다.

『다꾸의 날』이 여러분에게 오늘 하루치의 낭만이 되었다면 저는 몹시 기쁠 겁니다. 아무리 바쁘고 곤한 날이어도 오늘 하루치의 낭만은 꼭 챙길 수 있기를, 그런 오늘이 매일 이어지기를 바랍니다.

뜨겁고 씩씩하고 지혜롭고 다정하고 야망이 들끓는 소녀 여러분, 사랑합니다!

격려의 박수를 담아 문이소 드림

다꾸의 날

초판 인쇄 2023년 7월 13일 **초판 발행** 2023년 7월 13일

지은이 문이소

펴낸이 남영하 **편집** 전예슬 김주연 김가원 **디자인** 박규리 **마케팅** 김영호 변수현

펴낸곳 ㈜씨드북 **주소** 03149 서울시 종로구 인사동7길 33 남도빌딩 3F **전화** 02) 739-1666 **팩스** 0303) 0947-4884

홈페이지 www.seedbook.co.kr **전자우편** seedbook009@naver.com **인스타그램** instagram.com/seedbook_publisher

ISBN 979-11-6051-565-7 (43810)